我的他，我的她

吴苏媚 ◎ 著

百花洲文艺出版社

目　录

没有人，生来就是完整的

傅善祥最近迷上一种状态，那就是站在天桥上看底下沪宁高速上疾驰而来的汽车。一辆辆飞一般的车子好像都向着她而来，随时能把她撞个粉碎，压过她的骨头，不动声色地继续飞奔，像一出轰轰烈烈的剧幕，最后却什么也没发生。

傅善祥并不会站太久，因为不相干的路人会认为她是疯子，她厌恶那些带着讯问神情的人向她投来的目光。

她很好，只是喜欢趴在栏杆上，看着在速度里有着巨大冲击力的世界。她忍不住想象自己从这里跳下去会造成什么样的结果，最近的那辆车出于惊骇的本能急刹车，然后所有的车子都像多米诺骨牌一样撞击，旋转。再或者她纵身一跃，所有的车子都无动于衷，沉浸在自己的惯性里。于是她的身体就像一件破碎的玩偶，反反复复被拆毁，

最终被车轮甩到路边。有人报警了，血肉模糊的她将会被抬走。

这只是一种想象，傅善祥知道自己不会死。

欧芹却是真的死了，葬礼简朴素净得等同于无。

料理后事的整个过程，傅善祥都没有哭，哭和流泪是不一样的，哭有声音，她只是安静地流泪，很自制地抹掉，告诉自己要清醒。

她与火葬场联系好了火化的日期，再找运送的车子。置办欧芹最后的衣服，并亲自替她略施脂粉，花圈也买好了，挑选了欧芹最漂亮的照片放大，一桩桩有条不紊。欧芹因为是脸着地，面容已经毁掉了一半，只有照片里的她依然巧笑嫣然。

傅善祥默默在棺前伫立了大概五分钟的样子，回头对工作人员说，可以了。然后欧芹被缓慢地推进焚烧间。

焚烧间的小窗前挤着许多人，他们号啕大哭，撕心裂肺。陆续有尸身被推入火炉，亲者悲伤的情绪被激发到最激烈的地方，知道肉身不在了，从此真的阴阳永隔。傅善祥觉得心被什么东西狠狠撞了一下，她有些晕眩，勉强站住。

殡仪馆这个奇异漠然的地方，竟也有这样好的阳光，周围充塞着隐约的哀曲，以及高高低低的悲号声，但在附近休息着的人们，也有笑声传来，甚至有人还带了宠物来。

这些大概不是至亲，而是沾亲带故出于礼仪而出场，心里并没有哀伤，遗体告别也几乎不看，低头走三圈了事。亲戚或余悲，他人亦已歌。

她用欧芹最喜欢的藏式披肩细心地裹好了骨灰盒，紧紧地抱在

怀里。

骨灰盒上那张照片是当年韩先楚拍的，欧芹看着心上人，笑得如此甜美。

韩先楚第一次见到欧芹是在学校草坪上，一大群人坐着，韩先楚的老乡也在里面，大声喊他过去。晚风吹拂，夕阳残照，对面的女孩朝他看了两眼，唇边似有笑意。

那天晚上韩先楚洗完澡回寝室，小陶说刚才替他接了个女生的电话，对方没说名字，只是让他下楼。

韩先楚不明所以，趿了双拖鞋下楼去了。

在寝室楼前的空地上环顾一周，没看到什么人像在等他，略站了站便想回去了，不远处却传来一声"喂"。

一个瘦弱单薄的女孩坐在栏杆上，双腿略微晃荡着，黛色裙子，长长的。

韩先楚走过去，认出是草坪上坐他对面的女孩，是你找我？

她点点头，用一种非常平静的口吻说，我叫欧芹，欧洲的欧，芹菜的芹。

韩先楚愣了会儿，忍不住笑了，可是我们并不认识。

现在就认识了，我叫欧芹，你叫韩先楚。

韩先楚笑得更厉害了，你把我的对白也抢去了，除了名字和寝室电话你还知道什么。

没有了，她从栏杆上跳下来，两手拍了拍，自顾自地走了。

韩先楚怔了会儿，仍然没有搞明白状况，于是追上去问，这是

什么意思？

她转头看了一眼韩先楚，慢慢地解释道，就是说，我对你，有点意思。

韩先楚还没来得及做出反应，她又轻飘飘地走远了，似乎原也不在乎他怎么想。

那次突如其来的表白就此没有了下文，韩先楚再也没有得到那个女孩的任何消息。她既没有电话，也没有再来找他，韩先楚倒是举止走样了，从不热衷于电话的他开始抢接电话，在图书馆食堂大礼堂等地方留意她的身影，那苗条瘦弱衣袂带风形如鬼魅的模样。

有几次见到她，远远的，她应该也看到他了，但她的眼神从他头上飘过，视若无睹，搞得韩先楚心生迷惑：她真的说过我对你有点意思这样的话？

为什么表白之后没有下文，出现如此突兀，而后又离奇冷淡，似乎她原也不打算再有什么旁枝末节。韩先楚有些恼意，觉得自己不应该被这种小事所左右。确实只是一件小事，喜欢韩先楚的女孩有很多，写信来的，打电话来的，当面示意的，但大体上都有个基本的逻辑，就是韩先楚得婉转拒绝掉，他拒绝了，事情才算结束，否则总有什么不应有的暧昧仍然存在着，这让他有丝丝缕缕的念想。

旁敲侧击，知道她喜欢去图书馆二楼翻杂志，他也去了，连去了三晚方才见到她，她似乎刚刚洗完澡，头发微湿，散发着淡淡的

清香味。看见他时，她笑了一下，不闪不躲也不惊异，大大方方坐在他边上。

她翻阅杂志的速度很快，一目十行全无耐心，配图一律不看，文字亦不求甚解，五分钟后就换了另一本。

这么快？韩先楚发话问她。

我只看想看的东西，她再度坐下。

这回韩先楚又留意到，她竟是从杂志的最后一页看起的。

他笑，真是个不按理出牌的人。

两人沉默地看了约有一小时的杂志，韩先楚看完一本，欧芹已换了七八本。

韩先楚合上手里的《台港文学选刊》，轻声问她，吃点东西去？

她转头看他，好。

图书馆的白炽灯如此明亮，照得她脸上有一种奇异光芒，顶上淡绿色的吊扇以最慢的速度旋转着，旋转着，让人心神不定。

他们起身离开图书馆，大概是节约电能的缘故，走道的灯一盏也没有亮起，全是借了外面的月光，昏昏暗暗冷冷清清。欧芹右手搭着扶梯，慢慢地一步步摸索着。韩先楚站在下方等她，看不清吗？

她"嗯"了一声。

韩先楚伸出手，其实伸手的时候并没有仔细斟酌，只是出于一种友好善良的反应，意识到其间的暧昧寓意时，想再缩手已经晚了。

欧芹将手交给了他。

很多年后韩先楚仍然记得那天晚上欧芹的手，是右手，纤弱冰

凉，她的手竟是如此这般的凉，一点也没有夏天的感觉，却也那么适宜地出现在夏天，似乎她真的是冰肌玉骨，清凉无汗。

他们相爱在夏天。韩先楚总觉得夏天是绿色的，处处皆是树影婆娑，偶有蝉声掠过，所见颜色中希望多一些嫩绿浅绿深绿，好让眼前一抹清凉，心生欢喜。

在烈日炎炎下，拖着欧芹的手，如果可以许个愿的话，韩先楚心想，自己一定是愿意时光永远停留在2003年的深夏，最初，一切只有美好，他们小心翼翼地接近、试探、推敲，带着羞怯寻找对方的眼睛，唯恐出错而演砸了全部的对手戏。

大概所有人的恋爱都是如此，都希望人生只如初见般美好，这样就不会有接踵而来的伤害、背叛、挣扎、痛楚、哀恸、绝望……

欧芹最终也没有赢过自己，她对傅善祥说，有两个我：一个我想要好好地去爱对方，温柔和善，低眉顺眼，全部听从对方的喜好，以贤良淑德为美德，不别扭不任性不发疯；而另一个我，时时想要破坏周遭一切，兴风作浪，无事生非，具有来源不明的毁灭力，她用自戕的方式伤害无辜的人。善祥，我一点也不喜欢我自己，我也不要做我自己，你明白吗？我打不过我自己，她总是赢，为什么她总是赢，她总是嘲笑另一个我？

那是欧芹哭得最厉害的一次，傅善祥陪着她一起哭，两个人就这样傻傻地哭了许久。

之后欧芹一直努力重建自我，那么艰难痛楚地，双手一颤，自我犹如一座泥土垒成的城堡，轰一声就倒塌。没用，一点用也没

有。如果她生来就不是完整的。

没有人，生来就是完整的。

与韩先楚分手后，欧芹去了西藏阿里，甚至没有知会傅善祥，似乎一切只是仓促的临时决定，在对阿里一无所知的情况下，她去了。

傅善祥对阿里的唯一印象就是孔繁森的事迹。

欧芹在信里说，现在已经到了西宁，淡淡的天气，可口的食物，这里离德令哈也很近。

她说，善祥，你记得德令哈吗？那首海子的诗。

怎么会不记得呢，她们多么喜欢海子，图书馆里有一本海子的诗集，两人就合伙专门借这一本，你还我借，我还你借，以至于这本书在她们手里保存了大半年。

姐姐，今晚我在德令哈，夜色笼罩

姐姐，今晚我只有戈壁

草原尽头我两手空空

悲痛时握不住一颗眼泪

姐姐，今晚我在德令哈

这是雨水中一座荒凉的城

傅善祥不知同欧芹说什么好，想劝阻她回头，告诉她放弃学业是多么愚蠢的事，可有必要说吗，她比任何人都清楚放弃意味着什么。

高教授对傅善祥说，如果欧芹联络你，务必让她赶紧回来。其他同学也这么说，包括韩先楚。他找过傅善祥两次，对于她说的一无所知表示怀疑。

你为什么还要关心她的去向？是真的担心还是怕自己为此承担道义上的责任？善祥淡淡地问。

她是很想对韩先楚心平气和的，她知道这一切都不是他的错，事情走到这一步，是鸟儿自己折了羽翼。但面对韩先楚的时候，还是忍不住要以犀利的语言发问。

韩先楚眼神里散发出痛楚。

爱情起先是一个人的事，幸运的话会变成两个人的事情，最终，爱情注定只是一个人的事。

欧芹有时会寄来没有落款的明信片，只能从邮戳上看出她的大致方位。

对于欧芹的离开，傅善祥是最在乎也是最淡定的一个，寝室里的其他女孩带着好奇的窥私欲，旁敲侧击想打探到更多细节。到底是怎么回事？欧芹和韩先楚之间到底怎么了？分手的原因。欧芹又去了哪里？

她不给任何回应，生活秩序一切照旧，早上八点准时起床，一日三餐，上课下课，时间填得满满的。在食堂里一个人吃饭也很安然，并不会像其他女孩那样，觉得一个人吃饭是件可怜而不安的事。

傅善祥喜欢一个人吃饭，自从欧芹离开后，她也喜欢一个人逛街，一个人去图书馆，一个人上课，一个人洗澡。在大学的最后两

年，她一个人平静度过。

深夜翻看欧芹寄来的明信片，再拿出地图来一一对照，用手指划出她走过的轨迹，如同自己也参与这一远行。

你好吗？傅善祥在心里轻声问。

过去的时光，她们亲如姐妹，往事历历在目。那年夏天，她大汗淋漓地拖着沉重的行李，爬到了五楼的寝室，最先看到的就是正在梳头的欧芹，只一个模糊的侧面就喜欢上她。她们相视一笑，她的声音很是动听，她说她姓欧。

有这个姓？傅善祥有些惊讶，我只知道有复姓欧阳的。

真有，她笑，改天给你看身份证。

她小小的脸埋在一头长发里，不够美，五官都生得平平，好在每个零件都长对了位置，合在一起有生动的灵气，尤其是眼神。傅善祥喜欢欧芹的那双细长眼睛里散发出来的气息，

似乎充满了无限倦意，又带着天真的好奇，凝望的时候凛冽深邃，微笑的时候又极其清澈纯洁，她像一只被遗弃在荒野的小兽，状似凄苦无助，却又充满了野生的顽强。

寝室里最漂亮的女生是黎艳书，活泼开朗，笑容明媚，对异性有吸引力，对同性有亲和力。黎艳书有时候很迷糊，经常犯一些无伤大雅的错误，但人人都会情不自禁地原谅她。

大学四年傅善祥没有恋爱，接过几封情书，不回，对方也再无音讯。跟颇有好感的学长去看电影，看了个战争片，因为对战争的理解不一样，出了电影院就一顿针尖对锋芒的辩论。当傅善祥侃侃而谈

后，学长视她若怪物，不知斯斯文文的女生竟然也看那么多军事书，对于这样的女生要么觉得奇趣，要么心生惧意，学长是后者。

她还喜欢过一个年轻的助教，喜欢他的原因是他莫名其妙说得一口漂亮的越南语，虽然全系没有一个人听得懂，也没有人真的听他说过。

终于有机会见识助教的本事了，那次系里搞活动，逼着他显摆一下小语种，他躲不过去就清唱了一首越南民谣《Dem Lao Xao》。

宛若天籁，傅善祥就为着这样的原因对助教产生了模糊的暗恋，自己不敢去问这首动人的民谣叫什么名字，就拉着欧芹的手恳求，拜托一下拜托一下。欧芹跑过去向助教要答案。

Dem Lao Xao意思是冬季的雨夜，欧芹说，好像唱的是失恋，很伤感。

傅善祥展开了历时三个月的暗恋，为此还真的去买了学习越南语的书和磁带，想要以此和助教有共同的兴趣爱好，遇上不懂的也可以打着请教的名义去接近他，傅善祥心里是这样盘算的。

还没等她把发音搞清楚，就听说了助教是有女朋友的。傅善祥对偏僻小语种的学习热情一下子被打入了冷宫。虽然助教这个人跟她一点关系也没有，她还是喜欢上了关于越南的一切。

有一次她和欧芹聊天，她说，越南是个奇异的国度，和许多军事大国交过手，尤其和美国之间更是充满了，怎么说呢，倔犟与坚韧。

嗯，欧芹说，美国人拍了几十年的越战电影，将战争反思简直变成了某种祥林嫂式的文化史诗，似乎输掉越战后，美国人一夜间

长大了，也从此有了些历史，祖上也悲壮过。

你最想去哪里？

欧芹拨了下额前的头发，和你差不多，东南亚任何国家都可以，不要欧洲也不要非洲，太过文明的地方有冷酷感，太过蒙昧的地方又难以相融，东南亚刚刚好。

她们在某些问题上很相似，都喜欢自由安静闲适从容，不介意寒冷也不惧怕炎热。

不过还是有所区别，傅善祥认为自己将来是可以混迹于主流社会的，愿意遵守社会准则，也甘心把灵魂放在某个不可见的牢笼里，她对于这个世界有认可也有妥协，并确认自己需要被不断地打磨棱角，以此适应社会及他人，这样没有什么不好。

欧芹则认为这样不好，她不要。

其实关于这些她们并没有探讨得很深，大学时光，彼此还在岁月里左右摇摆，并不曾完全推敲出自己的模样。明天还很遥远，当没有遇到足以改变自身的人事前，未来如同天边的幻象，一旦生活中出现了致命的那个人那桩事，一切就天翻地覆，再也不同。

欧芹生命中的那个人就是韩先楚。

和韩先楚分手后，欧芹孤身去了远方。在很小的时候，她就觉得自己应该去远方。失恋的打击给了她最大的动力，她终于有机会放弃现有生活，在列车尚未到站的时候跳下车，做真正的自己。

是的，失恋很疼，疼得如同被人用刀挖开了心脏，拿在烈日下暴晒，或是直接放在火上慢慢炙烤，生出了缕缕青烟，疼得说不出

我的他，我的她

话来，连哭都忘记了如何发声。

失恋很疼，而且这注定只能是一个人孤独地承受，什么都不能做，静静地把自己交给时间去凌迟。一天两天三天，号啕大哭，痛不能止，强烈地觉得自己已经碎裂了，再不能弥合，并且生出了自我毁灭的想法，只要痛苦能够不被自己所感知。

受过一周的煎熬后，泪水慢慢可以控制住，心念一牵便微微转过头，含泪告诉自己不想这件事也不想这个人，艰难地转移注意力。无论失恋有多么痛彻心扉，应该吃的还得吃，应该喝的照样喝，无论你挣扎得天昏地暗，外面的世界从来就无动于衷，时间最终会解决一切，将你的生命连同你所有的问题解决得干干净净。

分手二周后，偶尔还会触景生情流一会儿泪，但已经能够坚强面对了，然后再用上点本来就应该有的理智来点拨——分手是正确的，他的决定英明无比，值得共同贯彻到底。

从某种程度上说，欧芹对于韩先楚提出分手有一些悲凉的感激，她想她一定是疯了。

她大概本来就是疯的，从来也不做杂志上那些无聊的测试题，因为无论做什么答卷她都知道，自己总能得到一个最坏的结果。每日与自我周旋已经疲惫不堪，怎么还需要借助这些千篇一律的问题，再总结出那一个潜在暗处的自己呢？她一定是疯的。

她做过许多不可思议的事，对于她的歇斯底里和神经质，传闻从来没有停止过。她有时控制不住自己突如其来的情绪，好端端的

12

就浑身发抖，或者把头埋在手掌里长长地哭泣。起先周围人只以为她是有沉痛心事偶尔为之，后来发觉她真的不太正常。她冬天的时候穿得很少，咳嗽得惊天动地也不肯吃药，把全寝室都吵得没办法好好睡觉。暴雨来临却跑到雨里独自漫步，倒也没有发高烧索性死掉。有时候半夜会在走廊里徘徊来徘徊去，还曾经有人发现她坐在洗手间门口的台阶上轻声唱歌，把去解手的女孩子吓得魂飞魄散。也曾经和人打赌约好十天不说话，不知为什么打这么奇怪的赌，她真的做到了一声不吭，就算有人在背后故意吓她，也把哑巴一路装到底，教授上课时要她回答问题却得不到回应，教授纳闷发呆，不知道怎么下台，只好一笑了之。

十天沉默赢了五十块钱，据说她把那钱买了堆烟花，那种很小的可以拿在手里的，夜间的时候沿着操场一边走一边噼里啪啦地烧，像某种神秘仪式，不知道她想要做什么。

更离奇的是她跑去学校附近的修车铺跟个老头学习怎么修理摩托车，起先老头吓了一大跳，怎么也接受不了这个奇异的要求，后来大概是被她说烦了，就随便她去。她经常跟老头聊聊天，久而之老头真的教了她不少技术活。大概有三个月时间，她真的是认真学习，一有空就过去像模像样地戴起了白纱手套，学习怎么补胎怎么拧螺丝怎么抹机油。

老头问了她好几次，干吗要无端端来学这个。

她旁顾左右而言他，没有给老头真实的答案，因为就算说了老头也不会明白的，她心里的声音是——我就是想做一些我认为自己不会去做的事。

她觉得有两个自我，或者说根本就是有很多个，她们团团围坐吵吵闹闹，总是意见不一每每混战，经常做的就是拔河，两派势力拼命地撕裂掉平稳状态。

她头脑里有很多个自己，心里也是。

欧芹经常会出现幻听，也会毫无缘故地抽搐，最严重的一次是忽然失控，顷刻间倒在地上，身体紧紧地弯曲着，呼吸极其困难，足足过了二十分钟才慢慢平静下来。

小时候孙灵凤带她去看医生，医生说是癫症，配了些镇静药物并建议同时进行心理疗法。孙灵凤不觉得心理疗法有什么用，她倒是去请教了一下本地的中医，配了奇奇怪怪的药草回来吃，也没什么用，但也没有害处。

她意识到自己身体里有一部分已经坏掉了，她选择不看不管听之任之，后来再没有那么严重地发作过，但抽搐却是挥之不去的症状，在大部分时候她小心地掩饰着，有时也难免被身边亲近的人所发觉。

第一次发病是七岁时，孙灵凤和欧安德大吵，在怒吼声中扭打，摔砸家具的声音此起彼伏，一切如同狂风暴雨般混乱。欧芹蹲在一边的角落里，突然间那只蓝瓷花瓶砸在了她头上，她抱住头，从喉咙深处发出了扯破空气的尖叫声，她浑身发抖，陷入了神经质的抽搐中。

十五岁时又发作了一次，她清楚地记得那一年的油菜花开得有多么盛况空前，满世界摇摇摆摆鲜嫩芬芳，沁人心脾的香味随风而

来，春天的气息如此浓郁。

　　她站在小径上看了一会儿这片金黄喜气的花海，然后走了进去，从无辜的植物林里穿行，枝叶轻微地打在她身上，牵牵绊绊的，脚下的泥土松软缠绵，使她屡屡趔趄。在恍恍惚惚的前行之际，她依稀觉得自己到了另一个世界，再没有烦恼了，只有花的香味将她包围，花香如此浓重，似乎慢慢地将她也一并吞没了。在嫩黄世界里她不知走了多久多远，反正走到了世界边缘，这片油菜花不止不休，一点也没有尽头的意思。

　　她终于走不动了，双膝一软，跌倒在地。那种熟悉又陌生的抽搐又重新回来，紧紧包裹住她，她微微闭上眼睛，梦见自己被带到很远的地方。

　　身体不见了，呼吸也不见了，她，也不见了。

　　此后她再也不喜欢油菜花，甚至是无比厌烦这种光彩夺目喜气洋洋的金黄色。来到青海，同样也看到大片大片的油菜花。

　　初至西宁是中午，出了车站后喝了碗酸奶，西宁的酸奶很宜人，固体状，盛在小碗里用勺子一口一口地舀。寻找青年旅馆费了很大力气，在接近它的地方兜兜转转，打听来打听去都不得要领。

　　把背包扔在路边，坐在地上抽了根烟，她一点也不急，她知道迟早会找到的。有个男人带着宠物狗从她面前经过，雪白的小狗睁着双桂圆似的眼睛，摇头摆尾地凑在她脚边，仔细地嗅了几下，又若无其事地走掉了。

　　过了马路，在高高低低的一排房子里穿行，走过一条暗黑小

巷，终于豁然开朗，那幢三层楼的小洋房，墙上绘满了生动的壁画，乍看之下还以为是幼稚园。

老板很年轻，穿着斯文得体的白衬衫，连扣子都系得紧紧的，戴了副书生气的眼镜，登记完欧芹的身份证说，我们是老乡。

欧芹接过钥匙牌，说句家乡话来听听。

他有些腼腆，仍然用普通话同她说，洗手间每一层都有，浴室在一楼。

欧芹颇喜欢这家旅馆，空地上撑着几把大大的遮阳伞，三三两两的客人坐在那儿闲聊，也许彼此间不过是初识。旅行就是这样，遇到同类交换路线，似乎行走的轨迹真的就是生命线。

有人在洗衣服，有人在洗澡，有人在书吧上网，有人在看电视，有人戴着MP3旁若无人地哼唱，远处还有一只被拴牢的大狗在焦虑地走过来走过去，每每被链条扯住就朝天怒吼。有人忙着上楼下楼，有人凝望楼台上的艳丽玫瑰，有人坐在旅馆的床边怔怔发呆不知所谓。

欧芹入住的是六人间，对面是一个三十来岁的女人，穿着淡色休闲服，爽朗地打过招呼后问欧芹，去不去吃玛丽亚砂锅。

现在不饿。

那晚上带你去吃吧，她一阵风般消失了。

欧芹放好行李后去书吧小坐，俯身在书架前翻了翻，不错，有几本是她想看的，她打算晚上带回房间。

在沙发上休息了会儿，抱枕很舒服，沙发也柔软，如果不是想着要出去转一下西宁这座城市，简直可以马上就在这里安静地睡着。一路过来风尘仆仆，但是呢，往往在非常疲惫时，有一个回光返照，能够支撑着肉身奔驰到体力极限。

她侧身斜躺着略作小憩，有个小男孩冲进来找五子棋，找不到后就大声喊，齐大哥齐大哥。那个年轻的老板走进来，从书架的最底层找出来递给他。

你姓齐？她问。

齐言，语言的言。

嗯，她清了清嗓子，跟你打听一下，这两天有没有要去青海湖的人？

你去外面墙上看看，有许多结伴拼车的信息，你也可以自己写一张。

欧芹走到外面去看，大概有二十来条的样子，有些已经过期，还龙飞凤舞地贴着。有些倒是很符合的，她因此很安心，既然这么多人要拼车，那就不用急了。

下午三点，西宁市区有淡淡的阳光。她买了杯奶茶边走边喝，觉得有些热，拐进家鞋店试凉拖，把店内所有的凉拖都试过了，终于买下了一双黑色羊皮的，顺脚换上。漫无目的地走到了美食街，里面闹哄哄的，全是当地特产，以羊肉与面食为主，她尝试着买了些羊肝，蘸上孜然，竟非常可口。

她还买了件款式简单的T恤。

　　傍晚时分慢慢地走回旅馆，旅馆旁边有一家面包房，说是面包房还真委屈了它，事实上它规模很大，地下室阴凉，坐着些学生模样的年轻人，吵吵闹闹地挥霍着青春时光。欧芹挑了个无人的角落坐下，点了杯奶昔，外加一块奶油小蛋糕，果然很小，大概三口就能解决掉，上面镶了颗艳丽的樱桃。

　　是什么时候喜欢吃樱桃的呢，是和韩先楚在一起后吧。

　　在很长一段时间里，她一直认为樱桃只是奶油蛋糕上的摆设品，只提供观赏价值，恐怕是不能吃的。小时候有一次过年，孙灵凤买了蛋糕回来，她对于最中央的那颗樱桃满怀期待，入口时发觉它是苦的。苦的，而且又烂又软，一点意思也没有。

　　韩先楚笑着说，那你就真的对樱桃误会太深了，它是甜的，你小时候吃的那颗不新鲜。

　　韩先楚最喜欢吃樱桃，他也喜欢伊朗导演阿巴斯的那部《樱桃的滋味》。在爱着对方的时候，总是这样的吧，希望把自己所知道的美好事物都拿出来分享，以此得到对方同样的反应。我喜欢的，你也喜欢。如果契合，快乐就是双倍的，似乎真能够找到自己的另一个灵魂似的。我的喜憎就是你的喜憎，我的爱慕就是你的爱慕。尤其在微小细节上如果能够合拍，那对方就是上天所赐的，我们总是忍不住会在对方身上寻找自己的影子，以此幻想非你不可这回事。

　　我的爱，非你不可，除了你，没有人会懂得。如果连你都关上了门，那么这个世界就灰了。如果对于灵魂的契合有极高的奢望，那这样的爱注定是孤注一掷，难有胜算，极度危险，注定幻灭的。

很不幸，欧芹就是这样的人。

她盯着那块蛋糕上的樱桃足有两分钟，然后缓慢凑上前，一口咬下。同样也是不够新鲜的，烂且软，一点意思也没有。

因为她已经知道了最好的樱桃是何种滋味，所以对于这颗不够完美的樱桃并不介意。它曾经风华正茂饱满多汁，只是那时它的好没有来肯定，而它一旦成为蛋糕上的点缀，最好的时光已经过去了。

欧芹觉得自己的最好时光也过去了，余生将用来反刍每一桩痛楚之事。如果世间有神的话，神，这是你要给我的吗？你给某些人幸福而给另外一些人悲恸，你是以什么样的准则来决定的呢？一些承蒙你恩宠的人同时发觉自己实质上已被你遗弃，这里面又是何种缘由导致了骤变？神，你到底是仁慈的还是本来就是与邪恶同体，或者你根本就是不可理喻随心所欲喜怒无常，你编排每一个无助生灵的命运时是带着什么样的心情呢，仁慈怜悯，嘲笑冷漠？

更或者，神啊，你根本就是一幅空设的景象，世间无所谓神。当被命运痛击而寻不到出路时，人们就会以为冥冥之中必有主宰，他手中掌握着某种规律，他负责一切的审判，解释所有无可解释的荒谬。

回旅馆后，那个女人果然在等她，看到欧芹时展开笑颜，好像真的遇上了朋友般亲切。

她说叫她英文名好了，伊莎贝拉。

伊莎贝拉和齐言也相熟，齐言于是也坐过来聊天，说起有个义工过两天要回去了，问她们谁有兴趣留下来帮把手。

伊莎贝拉摇头说，我在西宁待太久了，也快要走了。

你呢，齐言看向欧芹，要不要考虑一下做义工的事。

我看你这边也没有忙得鸡飞狗跳啊，欧芹答。

不介意再添双吃饭的筷子嘛，齐言向后仰了仰，反正在我这里做义工很简单的，你要想在西宁待久点，可以考虑。

那我考虑看看。

伊莎贝拉和齐言都笑了，好像她说了句很好笑的话。

晚上和伊莎贝拉一起去美食街吃玛丽亚火锅，她说她是玛丽亚家的超级粉丝，超级到什么程度呢，简直就是玛丽亚家的托，每在旅馆里认识一个新朋友，就把人家拉过来吃上一碗。

店里闹哄哄的，地板刚刚清洗过，到处湿答答，略有不洁之感。而桌子上亦明显浮着一层时日已久的油光，这种厚重的油腻被店内灿如白昼的灯光照得无处躲藏。

欧芹小心地将手肘撑着，就像她事先料想的一样，玛丽亚火锅完全不对她的口味。不明白为什么起这么一个圣母的名字，其实玛丽亚火锅简单极了，就是一锅肉丸子罢了，她捞了两个肥肥大大的努力咽下去，再也不想吃第三颗了。

伊莎贝拉非常麻利地解决了自己那一锅，明明已经很饱了，看着欧芹浪费美食又心有不甘，伸过筷子帮她消灭了一部分。

伊莎贝拉是个爽朗的女人，很自然地把两个人的单都买了，欧

芹也不好强行AA制，那样反而显得自己特别小心眼似的。

出了门欧芹请她吃鱿鱼串，她们总算找到了共同爱好，两人站在小摊前，吃掉了将近二十串左右，裹上辣椒粉，抹了酱汁，鱿鱼串香得无以形容。横执木签，从这端啃至那端，成串的芬芳尽在齿间。

伊莎贝拉用面纸抹抹嘴说，我刚才还以为我撑死了呢，没想到还有空间。

欧芹笑，我以前吃过的鱿鱼串都没有这么好吃，几乎停不下来了。

伊莎贝拉挽着欧芹的手臂，要不要带你去泡吧？西宁我熟。

不用了，回旅馆睡觉吧，欧芹说。

旅馆的床铺很干净，亲眼看到这里执行起清洁工作的雷厉风行，前脚客人刚结账走，就有服务生进来换床单被子，一点也不拖拉，真好。齐言看起来就是有点轻微洁癖的人，衣领雪白，十指修长，只是不知为何会千里迢迢来西宁开旅馆，大概背后也有一个故事吧。

欧芹戴着MP3，在何训田的音乐里闭上眼睛。出来漂了这么久，她几乎不再流眼泪了。最后一次哭，是和傅善祥一起在天台。

那天晚上月亮明晃晃的，风很大，星空黯淡，树枝哗哗地响。她整夜失眠，一个人光着脚跑到天台上去，到处灰灰的，一些晒衣服的钢丝孤单单地横着，地上还铺着两张破碎的旧草席，大概以前有人坐在这里纳凉吧。

经常有女生来天台喝酒，男生喝酒是愉快享受交流感情，而女

生喝酒大多是为情所伤，虐待自己。

有一回其他楼层的女生失恋，喝多了大发酒疯，在天台上又哭又闹，把全楼的人都吵醒了。欧芹跳下床，忍无可忍地冲上去，本打算抗议的，但看到女生悲痛欲绝神智不清的样子，心知无论说什么也没用，就靠在墙边旁观。傅善祥也跟来了，递了件外套给欧芹。

女生身边站着几个模糊的影子，大概是素日相熟的姐妹在好言相劝。闹了一阵后，人多势众的终于赢了，把醉酒的女生架着下楼去。场面很难看，几乎是拖走的，没有人有绝对力气把她抱起来，所以她的身体有一部分蹭着地面，像是失去痛觉的尸体般。

天台空了，只有欧芹和傅善祥两个人。女生寝室的灯光也一一灭去，欧芹把那女生留下来的酒瓶拿起来，回头问傅善祥，要不要喝一点？

傅善祥笑，不要，会沾惹上悲伤的。

欧芹举起酒瓶喝了一口，真难喝，我就不明白为什么有那么多人喜欢喝酒。

何以解忧，唯有杜康嘛。

失恋已经够难受了，还要喝这么难喝的啤酒，真是双重的悲哀。

你要是失恋的话，打算怎么发泄？傅善祥走过去，和欧芹一起靠在天台的围栏上，看着对面楼层的隐约与模糊。

我啊，我会去远方吧，欧芹想了想，你呢。

我不太清楚，要么，我跟你去远方吧，傅善祥笑着说，你可不许扔下我。

一周后，传来了那个女生的死讯。

在众说纷纭的各路小道里渐渐理清了关于她的轮廓，她是外语系的，成绩一般长相一般，处处皆是中下水准，性格有些拘谨。她的恋爱开始于一年前，被甩也不是新近才发生的事，大概有两三个月了，起先强作镇定努力压制，也肯跟对方好聚好散。那男生说他们分手时还握了手，祝愿彼此都好好的，不要太伤心。

他倒是真的没怎么伤心，很快就兴致盎然地看上别的女生，买了一大捧玫瑰，把吉他弹得震天响。他的新恋情进行得有眉有眼的，然后被她看到了，于是她终于撑不下去了，死命地喝酒，死命地哭。

有人去告诉他，请他来劝劝，给一点安慰。他不敢去也不想去，他说，我们已经不可能了，让她死了心吧。

原封不动地将话转给她，她也真的听从了他最后转述的话，真的死了心了，黯然销魂万念俱灰，强行阻断了自己的心跳声。

她把自己交给了学校后面小树林的某棵树，有一双情侣先看到了她的脚，抬头看到尸体吓得半死，连滚带爬出来后，立刻打电话报警。

她被抬走了。

同寝室的其他女生惊恐万分，陆续搬走，只有两个女生没有申请到其他寝室的空床，也没有经济能力去校外租房子，只好委屈地相依为命下去。她们经常同其他人说，晚上做噩梦看到有身影飘来

飘去，也不知真的假的。

　　男生沉寂了一阵子，不太久，依然康复了。很难判决是他的错，甚至有人小声地说，他也够倒霉的，怎么会爱过这么可怕的女生。没错，就是可怕，爱得如此凄烈的女人充满了非常恐怖的力量，是那种妄图以自己的毁灭来让对方内疚一辈子的玉石俱焚。

　　还好，事件中的男生并没有上这个当，他很快就照样生活下去了，没心没肺也不失为一种幸福。他脸上没有阴霾，踢足球时进了球，很俏皮地倒立庆祝，也没有耽误他继续和女孩子去看电影，他还参加了学校辩论赛的第三场，坐在正方四辩的位置上。

　　他不能假装自己很悲伤，那会很虚伪。

　　自杀事件过去半年后，校园里所有人都忘了她，虽然她因为上吊激起了千层浪，半年后已经没有人提她的事情了。

　　一个阴沉的天，欧芹忽然想起了她，买了两瓶啤酒拎上天台。

　　一瓶慢慢倾倒，横放在地上，随它自顾自地流着，另一瓶自己拧开瓶盖，皱着眉头喝了起来。

　　风亦瑟瑟，阴天，使一切变得低沉。

　　她轻轻碰了碰地上那瓶，低声念了句，敬你啊。

　　最后自己那瓶还是喝不完，索性也一起倒在了地上，湿湿的，好像有人在流眼泪，等她站起来时发现天上的阴云更加厚重。

　　果然下雨了，她站在原地仰望天空里的纷飞细雨，出了会儿神，有人上天台收衣服看到她这副模样，又一传十十传百地确定了她神经有问题。

在这美好而狂暴的世界里

欧芹与韩先楚分手后，连黎艳书也难以控制地跟傅善祥去八卦，欧芹真的脑子有问题吗？

傅善祥看了她一眼，你不认识她吗？

我也吃不准啊，我糊涂了，黎艳书沮丧地说，别人都说得像真的一样，说她爸爸也是疯的，遗传基因肯定有一些的，对不对？

你自己去问她，傅善祥说。

啊，我找死啊，这怎么能，我们要不要找她谈一谈呢，她这样下去也不是办法，你看她现在瘦得多厉害，晚上也不好好睡，黎艳书自言自语地说，失眠是要影响美容的，我一天至少要睡上九小时才放心。

傅善祥以为欧芹最终能够撑过去，因为失恋最痛苦的时光她已

经熬过去了，她没想到欧芹真的会去远方，丢下所有的一切。

那天是去阶梯教室上课，欧芹躲在被子里同她说，我今天不去了，帮我请病假吧。

又不去，你缺课太多了，已经没人相信了，傅善祥无可奈何地说。

随便找个理由好了，反正我想再睡一会儿，欧芹倦倦地说。

傅善祥摸摸她的额头，没有真的病吧。

当然没有，欧芹轻轻握住了傅善祥的手。后来回想起来，那个短暂的场面略有些难以言传的缱绻不舍。

中午回寝室，见欧芹不在也没有在意，和黎艳书去图书馆抄笔记，一晃又是下午上课的时间了。直至晚上天黑都不见欧芹，傅善祥才有些不安，坐在她床边寻思着，忽然觉得有些不对劲，她床头架子上的东西少了一些。傅善祥一时也说不上来少了什么，疑惑地打开她的抽屉，发现漱口杯里的牙刷不见了，傅善祥心一沉，知道自己的预感没错。

她跳起来去看欧芹的箱子，她的箱子平时是锁着的，今天半敞着，里面缺了一半衣物。

事情很清楚了，她走掉了。

那晚傅善祥睡在了欧芹床上，她一方面知道她真的不会回来了，一方面也心存侥幸，如果夜晚她悄悄回来，那么自己就是第一个知道的人。

欧芹再也没有回来过，后来傅善祥临近毕业时在电子邮件里告诉欧芹：你所有的东西我都帮你留着，等我找好房子后会全部带

走，等你回来。

她的书她的CD她的拖鞋她的杯子，她那只长得很丑的黑猩猩抱枕——她们一起在夜市上买的，不知是谁设计出来的这么丑的黑猩猩，大嘴咧着，好像浑然不知道自己面容被扭曲成什么模样，丑得触目惊心。

欧芹一眼就相中了这只抱枕，她喜欢奇异反常不合理的事物。

出走前整理东西时，欧芹觉得必不可缺之物寥寥无几，大多数都是可有可无的。

她背着包离开了校园，没有回望，空气里有植物淡淡的青草味，她坐公交车去火车站。包里带了三本书，一本是《中国地图册》，一本是普拉斯的《钟形罩》，最后一本是茨维塔耶娃的诗集。

全是疯子。

书是从学校图书馆借的，不打算还了，把印有图书馆字样的那一页无情地撕掉，真正占为己有。她和作为学生的自己告别了。

前往西安的火车上，她把《中国地图册》仔细看了许久，将MP3里周云蓬的《盲人影院》反复听。

他想象自己学会了弹琴
学会了唱歌，还能写诗
背着吉他走遍了四方
在街头卖艺，在酒吧弹唱
他去了上海苏州杭州

南京长沙还有昆明

腾格里的沙漠阿拉善的戈壁

那曲草原和拉萨圣城

　　她的眼神在中国版图上流连良久，寻出了自己想要行走的意象，沙漠戈壁草原和雪域高原。但在这之前她决定独自去看瀑布，一个人的瀑布，泥浆的灰黄色。韩先楚曾经说，高考结束后，他和几个好朋友一起去黄河壶口看瀑布，气势澎湃，永不能忘，他们还在瀑布前的小馆子里吃鱼，够鲜美。

　　下午到了西安，在鼓楼附近找了家青年旅馆猛睡。旅馆很好，闲闲地住了些不同国家的老外，几只乖巧的猫儿仰卧在青石板拼成的过道上晒太阳。欧芹所住的房间里还有个法国女人，略通中文，欧芹每天都在旅馆里睡觉，不管法国女人什么时候回来都看到她躺着，有时是真的睡得死去活来，有时只是闭目养神。

　　一天只出去一回，步行至回民街，看到什么吃什么，没有喜欢的也没有讨厌的，似乎摄食只是为了果腹。

　　法国女人对她的状况有着好奇的忧虑，第三天，法国女人约她去喝咖啡，她揉揉眼睛，起身跟法国女人走了。

　　树影婆娑落英满地，两边都是雅致的商铺以及咖啡馆酒吧，酒吧华灯初上时才营业，所以隔几步就有紧掩的门，走进粉巷就像掉进无数个交错着的时空。

　　她们进了一家冷清的咖啡馆，坐在临窗的位置，合欢树的枝蔓

斜斜打过来，阳光淡薄，隐隐地传来慵懒的音乐声，让人昏昏沉沉神情倦怠。

法国女人用她所能想到的所有的中文单词，努力表达着她的心情，欧芹慢慢调着咖啡里的糖，似听非听的。

她眼睛干涩，睡得再醉生梦死也不能使自己朝气蓬勃。以前傅善祥笑她，你总是像个痨病鬼，有气无力的，拿点精神出来好不好。然后她就把头搭靠在傅善祥肩上，摆出更为无助的模样。

第五天法国女人走了，为了表示这一周来她们也是有友谊的，法国女人将一份无关紧要的旅行资料留给她，另外还送了她一个极为有趣的中国麻将钥匙扣，上面写着七万的字样。不知为什么是七万，很想问她从哪搞来的钥匙扣，但懒得开口，就默默地坐在床上，看法国女人风风火火地收拾好了大包，同她说再见。

她把麻将钥匙扣仔细放好，接下来又睡了两天，睡得服务生都来关心她是不是病了，她却寻思着是时候离开西安了。

西安到底长什么模样其实欧芹并不清楚，盛唐气息除了那一圈颇为巍峨的城墙还有些余韵外，其他的大概和别的城市并无两样。

马路商厦酒楼银行麦当劳肯德基老字号博物馆公交站台街心花园，车水马龙人潮汹涌，每一张脸都陌生，日出而作日落而息，不变的是天上的月亮，无论在哪里月亮总是一样的，无论是离人还是归客，眼里的月亮都总是同一个。

从西安辗转去宜川，然后坐大巴前往黄河壶口瀑布，下车惊见

那一大排宽阔豪迈的瀑布小有震撼,水质稠而厚重,水流迅急愤慨,激起的浪花形成了迷离的烟雾。站在铁丝旁边朝下望,想起电影《红河谷》里的镜头,这种有着悲壮气息的地貌往往深具某种神秘诱惑的感召力,很容易让人产生想要与其相融的感觉。

惊涛拍岸,卷起千堆雪。

游客不少也不多,对岸山西境内也站着些遥遥相望的游客,据说在那边的角度看瀑布更壮美些。欧芹略有好奇,往偏僻处走了走,看看能否直接走到山西去,不消百米就看到了被黄河水淹没身段的断桥。

环顾四周努力想着,那年夏天,韩先楚也曾经站在这里吗?当初忘了问他是站在陕西境内还是山西那端看瀑布,这一排气势浩大的黄河瀑布是否还存活在他的胸腔中。

她完成了对韩先楚的一次怀念。门票是可以邮寄的,写名字时犹豫了一下,仍然写上了傅善祥的名字。

是的,不要再去打扰他了,现如今沉默是自己能够给予他的最好礼物,如果他还需要什么的话,一定是心如止水,不再记得曾经有个她。

她给了傅善祥黄河壶口瀑布的明信片,以轻松明快的口吻写道:我现在知道为什么黄河是母亲河了,因为我们是黄种人,母亲自然也是黄色皮肤。

她把更为深沉悲哀凄凉的缄默随着明信片一起投进了邮筒,那是寄给韩先楚的,也许某一天于空气微凉里,他会心念一动,拆阅了她此时的心情。

傅善祥收到黄河壶口瀑布的明信片是傍晚时分，她将明信片放在高更的《诺阿诺阿》里，此后在未来岁月里收到了另外两张明信片，西夏王陵和敦煌。从地图上看，她行色匆匆马不停蹄，字迹依然清俊洒脱。她说：西夏王陵的明信片是售票处捡来的，因为不用另外贴邮票，所以就寄了。银川比我想象中繁华许多，我看到贺兰山了，记得岳飞的《满江红》吗？贺兰山阙。

另外一张明信片背后密密麻麻地挤满了字，似乎有满腔的话要说，同时能从拥挤的字里行间猜度出她当时的寂寞：我喜欢敦煌，鸣沙山和月牙泉都去了，是翻篱笆进去的，本来想寄给你一些五彩沙，又觉得那样很傻，所以还是给你寄一套敦煌飞天的杯垫吧，她们都很美。我找到一家很好吃的饭馆，吃了一种日式炒饭，美味极了，真希望你也在。对了，敦煌的驴肉炒面也很好吃，整条街道都安安静静的，无论白天还是夜晚，我一个人在敦煌城里走了三遍，地上的砖瓦绘满了图案与文字。明天我就要去西宁了，对了，我跟一帮陌生人拼车去了玉门关和阳关，一路上他们还去了其他几个地方，但我只在玉门关和阳关下车，因为那些唐诗宋词的缘故，春风不度玉门关，西出阳关无故人。我想，这也是你喜欢的。玉门关只有一块巨石，在荒野里压着，而且那块未必就当真是了。阳关更像一个博物馆。在回敦煌的路上，我看到了海市蜃楼，一抹蓝色的水波出现在遥远的戈壁深处。

从敦煌前往西宁的大巴几无空铺，有很多是为了生活到处奔波

的生意人。欧芹运气很好，先是被告知票已经卖完了，正觉懊恼，窗口里的女人又说，咦，有个退票的你还要不要？

要。

驰离敦煌后，沿途渐现狰狞的面目，尤其傍晚时分翻越当金山口的那种荒凉感，让人不由得一阵心悸。这漫山遍野都是不毛之地，犹如被神灵遗忘的角落，没有眷顾也没有停留，更没有一丝怜悯的施舍，好像从来也不存在过生命的冷漠。无穷无尽的戈壁之上，这辆缓缓行进的大巴，就像一只无关紧要的虫蚁，掐灭了也无人知，经过了也无人晓。欧芹怔怔地看着玻璃窗外月亮升起的模样，途经阿克塞，有几个乘客下了车。

夜，又经过了大柴旦、德令哈、乌兰、天峻。

德令哈，海子的德令哈，这座雨水中的荒凉的城啊。欧芹睡着了，醒来时天光发白，已至西宁。阳光照耀着她的眼睛，更催生了皮肤底下潜伏深埋的疲惫。

欧芹没想到自己会在西宁停留这么久，和伊莎贝拉、齐言有很大关系吧。伊莎贝拉爽朗健谈，眼睛里却有难以抹去的苍凉感，欧芹看她，就像看十年后的自己。

伊莎贝拉最喜欢去的地方是南关清真寺。

她每天傍晚都要去一趟，炎热退去空气清凉，从旅馆散步至清真寺。在那里坐一会儿，然后再走回来，认识欧芹后，就拉着她一起去。

她们坐在大殿前的台阶上，适时，回民正好做礼拜，白色长袍

我的他，我的她

的教徒如潮水般涌来。

回民做完礼拜，这里重新变得宁静空旷。伊莎贝拉的眼神没有焦点，似乎在凝神想着什么，欧芹也就默默地不打扰她。清真寺极其整洁，连一片落叶都无，偶尔经过的个把人也脚步轻微，空灵无尘。

其实我很羡慕有宗教信仰的人，伊莎贝拉忽然开口说。

欧芹转过头来。

心里会觉得很安慰，可是呢，信仰这东西也不是你要就可以有的，笃信也是一种福气。

巴西有个作家保罗·科埃略说，每当人们感觉到痛苦，上帝就会来敲敲他的门。

伊莎贝拉笑笑，也许痛苦的时候，哭得太投入，就听不到上帝的敲门声了。

欧芹看着伊莎贝拉的眼睛，她心底真的有那么深的哀伤沉淀吗？她有着什么样的过去？受过什么样的伤害？她四处漂泊是因为原先的生活被毁灭了吗？对于重建自我世界她付出了多少的努力？

欧芹轻轻把手搭在伊莎贝拉肩上，做了一个淡淡的安慰。

回去的路上，她们又欢喜起来，吃了好几碗酸奶，玩儿似的比拼着谁吃得更快更多。欧芹吃得满嘴都是，一边拿面纸抹嘴一边笑，笑完后她突然怔了怔，出来这么多天，这是第一次笑吧。

之前那些天一个人默然行走，连语言都不必，更休说表情了，和法国女人也只是一起喝了杯咖啡，听她破破碎碎的中文，给予简短敷衍即可。

33

　　和伊莎贝拉在一起，似乎真的不那么寂寞了。

　　青海湖很美吗，回旅馆后，欧芹问伊莎贝拉。

　　伊莎贝拉脱了鞋子躺下来，是啊，很美，六世达赖仓央嘉措就死在那里。

　　啊，你这话跳跃性很强。

　　伊莎贝拉侧过身体，脸上布满模糊的忧伤，我一直想着，关于葬身之处这个问题。

　　欧芹不知道怎么接话好，越与伊莎贝拉接近，越能感觉到她内心深处的隐伤，虽然在大多数时候伊莎贝拉是个活泼开朗的女人，但接近了却发现她就像一池温柔明亮的水波，底下另有谜一般的漩涡。

　　有没有真正快乐的人呢？真正快乐的人是不会把自己扔在远方漂来漂去的吧。远方，也就是无立足之处，处处都不是自己的，只能一站一站地换。远方，也就是说无论走向哪里，东西南北都一样，所有的未知里都没有你真正想要的。

　　两天后，她们和一对情侣拼车去青海湖，他们本来想赶去门源看油菜花的，后来还是听从了伊莎贝拉的建议，环游青海湖。

　　伊莎贝拉和欧芹一样，对于油菜花没有什么感觉。伊莎贝拉说，它长得那么丑，为什么要喜欢？

　　什么花才算漂亮？欧芹问。

　　只提供观赏价值的才是美的，像油菜花、向日葵就是我最讨厌的花，它们最终都很有用，似乎是带着功利目的，凋谢之后寓意丰

收，太可耻了，至美必须是空灵无为的。

欧芹拉着伊莎贝拉的手笑着说，伊莎贝拉，你的想法偏激奇怪，可我又是多么喜欢。

欧芹其实并不喜欢和情侣一起拼车，看他们大秀恩爱是件烦恼之事，这里面有个很微妙的原因，即情侣会有意识地晒出幸福，他们自己内心不肯定，便需要他人更多的认同感，并且永远指望着以此得到旁观者的艳羡。我有的，你没有，就算看客并不嫉妒这种天下大同的幸福，或者直接认为流于俗套的幸福不值一提，情侣也会觉得你不稀罕，只是因为你正好没有。他们会一厢情愿地将嫉妒栽赃在你身上，容不得申辩，你要是根本不嫉妒的话，还会多出一个不够诚实的罪。

远看青海湖确实很美，够蓝，走近了却惊讶地发现原来它还蛮混浊的，近岸处泛出淡淡的黄色，欧芹站在青海湖边一丝兴奋都没有，平平静静看了会儿，就去找厕所了。

找厕所倒花了不少时间，一走就是上百米，觉得走回岸边太辛苦，就花了五块钱，让一个藏族小姑娘策马带她回来。

这么一折腾，情侣也已经拍够照片了，伊莎贝拉早就回车上休息了，她最近来了青海湖好几次了，和青海湖是我见你略不耐烦，料想你亦如此。

留宿鸟岛，当然是一只鸟也没见着。他们在宾馆对面的饭馆吃饭，吃完后要回去，天空却下起了雨，大家百无聊赖地在门口等着，烟波迷漫，不知雨还要下多久。

看不成日落了，伊莎贝拉说，也好，明天不用早起看日出了。

情侣一脸沮丧，他们来青海湖最重要的原因就是想看日出日落。他们小声地说着什么，然后就起了争执，彼此脸上挂满了霜，似乎都在固执地等待对方低头道歉，缓缓流动的沉默空气里，有着和天气一样的阴沉感。

如果说观看展示恩爱只是五十分的讨厌，那么被迫看情侣冷战就是一百分的可恨了。欧芹假装没有看出场面的不对劲，拉着伊莎贝拉就往雨里跑，伊莎贝拉笑了。

她们扔下那对情侣自顾自地回房，六十块的标间竟也不错，大概真的是淡季的缘故，整幢楼都空空荡荡，没有人气，连服务生都不知去了哪里。

洗手间出奇地大而不当，可见设计师一定是个没脑子的家伙。电视机遥控坏了，所有的频道都是细碎的雪花粒。窗子坏了，扣不紧，有冷风嗖嗖地挤进来，好在床铺够厚实，足够抵抗青海湖边上清冷的雨夜。

她们除了聊天无事可做，因此青海湖之行变得很简洁，就是她们换了个地方说话而已。伊莎贝拉同欧芹说起自己过去五年的历程。她说，一直在路上走，曾经花了半年时间将河西走廊走了个完完整整，也曾经试过停下来，在新疆旅行的时候，曾经因为喜爱伊

桥落日，在伊宁住了三个月。也曾经在阿里住了许久，后来身体实在吃不消了，每天都莫名其妙地流鼻血，只好离开。欧芹，如果你不知道应该去哪里的话，就去阿里吧。

为什么？

你能找到另一个自己，伊莎贝拉顿了顿，迟疑地说，也许找到了也没用。

那你呢？欧芹好奇地问。

我啊，我属于找到了也没用的那一类。

伊莎贝拉，可以和你一起睡吗？欧芹坐起身来。

可以啊。

于是，她们就躺在一张床上了，这家宾馆的设计处处都很拙劣，两张单人床都大得无边无际，使房间过道极其狭窄。当然，也正因为床铺很大，所以挨一起睡也不觉拥挤。

伊莎贝拉，我和你说句话，你不要生气好么，其实我很害怕像你这样活着，欧芹将双手放在脑后。

伊莎贝拉笑着说，傻姑娘。

这样说很傻吗？

这么和你说吧，五年前我也不知道我的生活会是这样的，要是有的选，我也不想要现在的生活。没有女人会喜欢把生活建立在流沙之上，女人是非常需要安全感的。

那你为什么不停下来？

一大段的沉默后，伊莎贝拉的声音变得凄凉，宝贝，人哪里由

得了自己呢？生活给我们的苦头总是大过想象的。

欧芹有些想哭，突然发现自己距离伊莎贝拉内心深处的伤口已经很近了，似乎再走几步，语言就会把伊莎贝拉和她带到悲伤的废墟前。那里曾经很繁荣，现如今哀草萋萋，人不断地往远方逃走，妄图逃避开这些回忆的死命纠缠，不断地消耗时光，指望岁月能够清除旧日痛楚的折磨。

伊莎贝拉握起了欧芹的手，极其艰难又很肯定地慢慢放到自己左胸上，欧芹陡然一惊，于幽暗中触碰到了答案。

明白了吗？伊莎贝拉把她的手放回去，淡淡地说，我不是完整的了，也许没有人生来就是完整的，当我被打碎后，我的生活也一起碎掉了。

欧芹转过身，紧紧抱住伊莎贝拉的身体，似乎揭晓了这一悲伤隐情后，更难过的反而是她。

伊莎贝拉继续平静地说着，几年前当我看了路易斯·普恩佐的电影《妓女与鲸鱼》时，我哭了很久，哭完了就决定旅行，我不能在原地搁浅。

电影讲什么的？欧芹轻声问。

伊莎贝拉闭上眼睛，不再说话。

欧芹后来回自己床上培养睡意，仿佛掉入了深海里，四处没有什么可依靠的，永远也没有着落，也看不到出路。她断断续续地做梦，分手后第一次梦见了韩先楚。

他很好，穿着柔软的白衬衫，摸她的头发，他说什么了呢，好像能听到他的声音但又不知道他在说什么。他们好像很欢喜又充满了忧愁，微风吹起，四周有美好的阳光，他们温暖地相拥，然后她就哭了起来，哭得心里一阵阵纠痛，从梦里醒来。

在混沌的意识里摸索了五分钟，才想起自己身在何方，是了，她早在千里之外的异乡，这是一张陌生的床。

关于韩先楚，已经成为无法回顾的历史，他们的结局被牢牢钉在了墙上，直刺心脏，再也没有一丝挽回的余地。她除了直面事实外本身没有任何办法，可是事实那样的残酷，她不禁嫌弃厌恶起自己，双手抱着头，身体缩成一团，强迫自己不要再想了。

不再想了。

从青海湖回去后，伊莎贝拉又请她去吃了一回玛丽亚火锅，吃的时候伊莎贝拉说，明天无论如何要走了。

去哪里？欧芹有些依依不舍。

先去兰州吃碗拉面，伊莎贝拉半开玩笑说。

我们还会再见面吗？

宝贝，不会了，伊莎贝拉温柔地看着她。

欧芹其实是明白的，伊莎贝拉在青海湖自揭伤口时就决定要离开了，她不需要他人的悲悯，这样会影响到她继续做顽强的自己。

伊莎贝拉是次日凌晨走的，走前在欧芹枕边放了些东西，欧芹考虑着是继续装睡，还是和伊莎贝拉道个别。寻思之际，伊莎贝拉

已经手脚轻快地走了，脚步越来越远，再也听不见了。

欧芹惊讶地发现伊莎贝拉留给她的是现今很难买到的酒心巧克力，小时候欧芹特别喜欢吃这个，轻轻咬开外面那层巧克力的糖衣，就会喝到一小口甜蜜的酒。

欧芹剥开其中一颗，放进嘴里。

在旅馆的电脑上她给傅善祥写电子邮件：善祥，我现在在西宁，一切都好。拜托你一件事，帮我找部电影，《妓女与鲸鱼》，导演是路易斯·普恩佐。

我会在西宁小住一段时间，然后就会去西藏，曾经我们说过将来有机会一起去西藏旅行。对不起，我要失约，独自前往了，请不要担心我，我会好好照顾自己，你也是。

伊莎贝拉离开后，302房又住进了一批新人，但欧芹始终没有再和别人结下友谊，个个都是点头之交，不作深谈，倒是时常和齐言下棋聊天，齐言说，所谓旅馆就是铁打的营盘，流水的兵。

欧芹的生活开始有了小小的规律，早上九点起来，去附近的粥店喝一碗香喷喷的白粥，外加两个玫瑰包子。然后回旅馆上网，或坐在遮阳伞下看书，逗留的这段时间里，她把齐言所有的藏书都翻了个遍。她最喜欢泽木耕太郎的《午夜三部曲》，还有巴荒的《废墟和辉煌》，尤其后者，她几乎想要占为己有，跑去对齐言说，能不能把这本书卖给我。

齐言笑着摇了摇头，不能。

欧芹现出失望之色时，他说，可以送给你啊。

这么好？

人品好一直是我的强项，齐言说。

我现在相信我们是老乡了，欧芹笑道。

你要这本书是不是想去阿里？齐言好奇地问。

伊莎贝拉说，假如没有地方可去，就去阿里吧。

齐言倒了杯茶给她，很辛苦，你吃得了苦吗？当然了，我知道很多去阿里的人就是想自找苦吃，伊莎贝拉是，你也是。

你呢，你是什么样的类型？欧芹问他。

面朝大海，春暖花开。

那不是更适合去海边开旅馆？

是啊，但我实在不喜欢海边的冬天，所以西宁也不错，至少离青海湖也不远，又真的每年都有油菜花。

欧芹笑了起来，我没想到你会喜欢油菜花。

我喜欢所有的植物，植物最乖巧纯真了，阳光泥土雨水喂养，它总会绽放的，它的回馈是真心真意的，齐言想了想，植物有它自己的心灵。

他指指窗台上摆放着的一排盆景问欧芹，如果送你一盆，你要什么？

仙人掌。

理由？

它不需要我照顾，也不需要我付出，任何恶劣条件下都能够顽强活下去，欧芹坦率地说。

嗯，那它就不属于你。

不，我不追求归属性，我希望我们是平等的。

齐言笑起来，欧芹，你真是一个奇怪的姑娘。

是啊，欧芹把头往吧台上轻轻撞了两下，以示懊恼，然后抬起头说，我知道啊，我知道我很奇怪，可我对于自己一点办法也没有。

齐言轻轻帮她理了下额前的头发，你大概也是一棵仙人掌吧。

那天晚上，她发电子邮件给傅善祥：今天有人说我就是一棵仙人掌，我突然之间明白了很多东西：为什么我和自己都不能够和平相处呢，为什么我也不能够温柔对待喜欢的人呢。善祥，我原来真的是一棵仙人掌，浑身都长满了折磨的刺，我想我真的不够好，可是亲爱的善祥，告诉我，为什么你可以容忍我种种的坏脾气？你没有被我扎过手吗？我充满了迟来的抱歉又无能为力，当我心里有歉意浮起时，我觉得脆弱极了，我希望自己能够变得稍微好一些，再不和这个世界敌对了。可是如果我真的生来注定是一棵仙人掌，又如何能够把全身的倔犟一一拔去呢？消灭了那些，也就不再是我了。善祥，这个比喻让我如此悲伤。

傅善祥在三天后看到了这封信，于是她就去花鸟市场买了一盆仙人掌放在寝室的窗台上。她在信里告诉欧芹：不要说是仙人掌，你就算是只刺猬我也一样会拥抱你。是的，欧芹，你有许多缺点，可是在这个美好而狂暴的世界里，我也许就是更喜欢狂暴的那种人呢。任何时候都不要怀疑自己，怀疑自己就是在质问我对你的喜

爱，无论你改不改，无论你怎么变，也无论距离如何拉开我们俩，一定要记得，当你和世界处于敌对时，我站在你这边。

大四下半学期，黎艳书和施廊分手了。

你抛弃施廊了？傅善祥问她。

不要用抛弃这种词嘛，我们是在正确的时间里做了正确的决定，你想啊，施廊家在湖北，我怎么可能跟过去。

这都什么年代了，你们还为以后在哪扎根计较不成？

我要留在江苏啊，我父母肯定也不会同意我嫁那么远的。

那施廊也留在江苏不就行了，本科生要找个像样的工作还不容易？

你是有所不知啊，黎艳书托着腮说，施廊的父母在他们老家帮他找好了工作，据说是个肥差哦。他无论如何都要回去的，像他这么游手好闲不思进取的。

傅善祥忍不住笑，你怎么这么形容施廊啊？

他真的很没出息啦，到现在英语四级都没通过呢，读书太烂了，而且我们在一起的时候他真是个废物。

表现在哪里？

什么主意都要我来拿，讨厌死了，经常动脑筋很累的，我更喜欢男人替我做决定啊。

傅善祥拍了她一下，所以还是你抛弃他了，对不？

是经过友好协商达成的共识。

傅善祥在她身边的椅子上坐下来，女人就算分手了也要讲点良心，施廊没你说的那么差，否则你也不会在这么多追求者里选了他。

43

我并不是选最好的一个，黎艳书抬高了声音。

这话说得奇怪，应该怎么理解？

当初和他在一起确实是喜欢他，想和他恋爱来着，但对于结婚来说，他不是最好的，我啊，我一毕业就打算结婚，黎艳书振振有词地说。

结婚？傅善祥睁大了眼睛，和谁？

黎艳书甜甜地笑了，我要去相亲了。

黎艳书真的去相亲了，对方是个做生意的，比黎艳书大十二岁，经济条件可以打个优，难能可贵的是还并非一般的庸俗商人，平时也看看书听听音乐会什么的。

黎艳书是个目的性非常强的女人，虽然平时行事有些天真，但她有一种珍贵的天分，总能在命运关键处务实起来。她身上没有多余的文艺细胞，她觉得爱情很好，但绝不相信有情饮水饱这种痴语。

黎艳书在命运的拐弯处，以相亲的传统方式认识了刘海，就一心一意准备嫁给这个有钱人了。她察言观色，知道刘海真正想要的妻子是何模样，就顺着他的理想去改变自己，乖巧温柔，孝顺父母，热爱家庭。得知刘海的前女友曾经为他织过一条围巾后，黎艳书马上就意识到这是一个极其有用的信号，立刻拜师求艺学起了编织。黎艳书一心要做贤妻良母，两个月后真的也织成了一件像模像样的毛衣。

傅善祥觉得此举太过幼稚，她掂着这件银色毛衣说，这种古老的肉麻招数会有效吗，刘海那么有钱，会在乎这个？

你不懂男人，黎艳书嫣然一笑。

这倒是，傅善祥笑。

傅善祥确实不懂，她以最优异的成绩毕了业，在一家知名出版社找到了工作，并且表现很不赖，关于恋爱的课程，工作后的第二年她才慢慢领会。

在她琢磨爱情时，黎艳书就像她自己设计的那样，做了全职太太。结婚时场面很大，大到傅善祥觉得苦恼，不晓得红包是不是送得太单薄了。

五星级酒店，浩浩荡荡五十桌，一眼望去黑压压一片，皆是非富即贵。据说正中那一桌都是市级领导，刘海拿过两次全市十佳青年的奖项。

看到这个金碧辉煌的场面，傅善祥真正意识到黎艳书那两个月每天奋斗到凌晨的编织苦力没有白费，也确实收到了奇效。

同桌的还有一些大学同学，有个叫张莉的凑过来对傅善祥说，我就知道黎艳书会嫁给有钱人的。

你会相面？傅善祥笑问。

张莉满含酸意地说，她一直都很精明的，享受完爱情就闪进婚姻里坐享其成了。

傅善祥看着张莉，这是她运气好，没什么可嫉妒的。

不是嫉妒啦，不是嫉妒啦，张莉压低了声音，像掏出一个秘密似的，我实在是看不惯她甩掉施廊的狠样，施廊太可怜了，后来都

跪下来求她呢。

下跪？傅善祥怔了一下，很难想象玩世不恭的英俊小生施廊也会绝望到哀求女人。

我是听说的哦，张莉露出了一个神秘的笑容。

如果真的下跪，那我就看不起施廊了，估计艳书也一样吧。

哎呀，在爱情里，自尊有时是一文不值的嘛，张莉迅速地说。

傅善祥喝了口葡萄酒，细细回想着张莉这句话。自尊在爱情里有时一文不值，如果真的爱到连自尊的底线都失去，那这样的爱是可歌可泣的伟大，还是可耻可怜的卑微呢？这样压倒一切的爱情，也会让自己陷于更深的痛苦吧，如果所爱之人致使你放弃自尊，那他一定是不够爱你啊，他不够爱你，你为什么还要愚蠢地坚持呢？

傅善祥觉得自己做不到，或者根本不认为有谁值得。

不管如何，十月的那个晚上，黎艳书变成了刘太。

傅善祥握着她的手开玩笑说，刘太这个称呼很奇怪，念得口齿不清就是犹大。

至少我老公不叫马海，否则我就是马太福音呢，黎艳书幽默了一下。

她们深深地拥抱了一下，傅善祥轻声说，艳书，看到你幸福真好。

你也会的，黎艳书也很动情，泪光盈盈的。

紧接着，黎艳书又露出了世俗的活泼，你放心吧，刘海有好多朋友都很不错，我一定多介绍几个给你。

傅善祥在她胳膊上掐了一把，过你自己的吧，刘太。

2006年夏，黎艳书按照父母以及自己的心愿，从一个女大学生华丽转身变成青年企业家刘海的妻子。当她努力摸索婚姻的模样时，傅善祥在出版社里从一个连传真机都不会用的新手，渐渐成长为穿职业套装英姿飒爽的白领丽人，而远在西藏的欧芹，也正走在八廓街熙熙攘攘的人群里寻找自己的答案。

傅善祥所在的黎明出版社财力雄厚，涉足范围甚广。傅善祥一开始是在第七编辑室做童话书的，当她略微做出了些成绩后，沈主编把她调到了第三编辑室做小说。虽然各个编辑室名义上不分高低，实质上这是对她能力的肯定。

她长相端庄，头脑冷静，待人接物很稳重，沈主编认为一个优秀编辑所需要的素质在傅善祥身上都可以找到。

第三编辑室里汇集了黎明出版社的精英，最有资格的元老是左尚源，他现在已经很少来上班了，八年前做过一本轰动全国的畅销书，是本死了无数人的鬼故事，现在仍然源源不断地每年都加印。

康妮是做侦探小说的，据说以前自己也写过侦探小说，偶像是阿加莎·克里斯蒂，后来觉得写小说会写出神经病，所以转型成了编辑，专门负责把别的作者逼成神经病。她最喜欢的事情就是打催命电话给各路作者，最得意的事情是能够把所有作者的电话号码背得滚瓜烂熟。

陈子梦比傅善祥大两岁，头发烫成棕灰色，戴硕大无比的耳环，无论外面天气如何都影响不到她的穿衣风格。她说她不看老天

脸色行事，想怎么穿就怎么穿。以前坐电梯时遇到过她，那么冷的天，她还是穿了件黑皮短裙，把一双修长美腿残酷地扔在外面，好像它们根本就是死掉的木头一样。为了美艳，陈子梦真是够狠的。

陈子梦年纪轻轻，人脉却广，而且精通日语，公司里只要有去日本出差的美事，通常都会落到她头上。她的名言是：本姑娘有真材实学的！

美编杨密是黎明出版社的头牌，做出来的封面很少有重新返工的，通常也只肯做一个，当主编要求他多做几个以供参考时，他会非常肯定地说，最好的只有一个，就是这个了。

杨密发起脾气来很吓人，倒不是他真的在公司里咆哮过，而是长得就是一副脾气很不好的样子。在公司里晃荡时，有次被总编逮到，总编批评了他一句，他当场就把脸拉下来了，才子都是这么酷的。

傅善祥左手边的是程秀丽，要说傅善祥在黎明出版社有朋友的话，那就是程秀丽了。程秀丽总是一副郁郁寡欢的模样，做什么都不起劲，这种调调会让傅善祥想起欧芹。

程秀丽做事拖拉，总是赖在椅子里，手里端一杯咖啡，搞得像在自己家里一样慵懒。一旦她决定要做点什么事，马上就变得利落明快，她总把这一面展示给领导看，所以在公司里也混得如鱼得水。

程秀丽有个很大的好处就是不八卦，谁把秘密告诉她，她就把它们活生生地吞下去，同样，她也不把自己的秘密告诉别人。

傅善祥调进第三编辑室的那天中午，程秀丽微笑着说，一起去吃饭吧。

她们去了一家日式小餐馆，后来那家小餐馆也变成了傅善祥的

食堂，她非常喜欢那里的饭菜，曾经把菜单上所有的菜式都吃了个遍，然后才框出了最心仪的红烧牛肉饭。

有时杨密也会和她们一起过来解决中饭问题，杨密总也不忘记挑挑拣拣的时候批评一下，真不知道你们怎么吃得下去，这么难吃。

程秀丽早就习惯了，也不理他。

傅善祥还会本着良心争辩一下，很好吃啦，我连晚饭都在这里吃呢。

你还有没有一点追求了啊？要让我晚饭也在这里吃，我宁可回家啃泡面。

你现在就可以回家啃泡面，程秀丽头也不抬地说。

杨密就现出一副很可怜的样子，带着些撒娇的口吻，不要啦。

傅善祥咬着嘴唇，忍住不笑。

和程秀丽很熟以后，她悄悄地问，你和杨密是什么关系？

能有什么关系？程秀丽警惕地反问。

你们很暧昧啊，傅善祥说。

我们是很好啦，但不是你想的那样，杨密这种男人要跟他玩真的，怎么死都不知道，我又不傻。

听说九楼食品公司的宋美贤和杨密以前好过，傅善祥向程秀丽打听。

那时候宋美贤经常来我们十二楼串门呢，派发过好多巧克力，程秀丽笑着说。

傅善祥调到第三编辑室后，接到的最重要的工作就是向曾经的

畅销作家霍颂南约稿。在会议上沈主编把这件事交托给傅善祥时，程秀丽轻声说了句，你惨了。

散会后，傅善祥拉住程秀丽，为什么说我惨了？

我去年约过他稿子，对了，康妮也约过，但谁也约不到。这人太坏了，用康妮的话说，是太懒了，懒到已经江郎才尽的地步，而且完全不讲信用，不知道老沈为什么还执着地想约他的稿，行内都知道这个人不行了，程秀丽一口气说了一大堆。

不是吧，我看过他的书啊，上一本还是写得不错啊。

程秀丽笑了，附在傅善祥耳边说，上本书他是找枪手写的。

枪手？我不信，傅善祥断然地说。

好吧，反正现在你要做的事情，就是让这个堕落的懒鬼重新拿起笔，程秀丽拍了拍傅善祥的肩。

我们这些两手空空的人啊

霍颂南住在郊区，有辆黑色帕萨特，但他不太喜欢进城，除非有非常重要的事，傅善祥去拜访霍颂南需要坐一小时的地铁。

一路上傅善祥都在想着这个男人有着怎样一副冷酷的模样，在电话里他的声音也是闷闷不乐 的，当她通报了自己的名字和意向并约他见面时，他直接说，明天下午有空，你过来吧，然后就把电话挂断了。

傅善祥很喜欢霍颂南的房子，雪白墙壁黑色飞檐，院子里种着两棵高高大大的梧桐，她敲过门后，见到了一个穿亚麻长袖长裤抽着烟斗的高个男人。

脸长得很平常，棱角分明，眼神锐利，似乎也知道自己眼神有狠劲，所以几乎不正眼看人，声音比电话里还要低沉。

　　霍老师喜欢抽烟斗啊，为了掩饰陌生导致的不安，傅善祥没话找话。

　　不喜欢，他竟然这样说。

　　房子很漂亮。

　　他哦了一声，然后好像觉得不反驳一下不舒服似的，你一定没看过什么好房子吧，这样的房子只是勉强能住罢了，怎么算漂亮呢？

　　傅善祥半天不知道怎么接好，拍马屁拍错位置了。

　　她咳了一声，递上名片，说了一通自我介绍，说得飞快，因为总觉得他会突然打断她。

　　当她说到约稿这个重点时，霍颂南又开口了，你要喝点什么？

　　不用了不用了，傅善祥说。

　　去煮杯咖啡吧，他慢条斯理地说，我喝黑咖啡就好了。

　　第一次见面，傅善祥就替霍颂南泡咖啡，关于小说他没说写也没说不写，后来他问她，会不会下棋。

　　什么棋？她有些为难地说，围棋可不会。

　　象棋怎么样？他问。

　　勉强会，水平非常差，她的谦虚是真诚的，读书时也和寝室里的女孩子下象棋，她从来没有赢过欧芹。

　　扭扭捏捏摆好了棋盘，略走了几步，两人对拼掉了马，再几步她吃掉了霍颂南的炮，而他没有还手之力。她惊喜地发现这个以智力著称的男人原来只是个臭棋篓子，总也看不清楚潜伏的危险在哪里。

　　不应该啊不应该，傅善祥惊讶极了，赢了一局后，她低调地责

怪自己的好运气，又给了霍颂南一个台阶，老师是故意让我的吧，老师真是风度太好了。

为了制止他继续暴露象棋上的弱点，她说，我还有点事要先走了，改天再来拜访您。

至少下三局，他不由分说地又将棋盘摆好。

她被迫应战，手下已经留了几分情，就像古代那些跟皇帝对弈的大臣一样，小心隐藏自己的能力，又要做得滴水不漏，她想最好的方法就是先杀个平分秋色不分伯仲，然后在结局的时候把胜利拱手相让。

第二局她果然成功地输掉了，又及时地奉上了恭维。

那么我们来第三局吧，她微笑着。

出乎意料的是刚才还斗志昂扬的霍颂南一下子意兴阑珊了，他抽了口雪茄，看了会儿天花板，将目光移到她脸上，你知道吗，有件事我一直想不通。

怎么了？

我的智商是一百四的，从小到大没有什么事情能难倒我。你刚才说的围棋，我是业余五段的水准，偶尔也能拿下专业选手，打桥牌也是我的强项，看侦探小说我总能猜出凶手是谁，看电视剧我总知道那帮笨蛋接下来要说什么台词。

傅善祥饶有兴趣地看着他。

我不是要炫耀什么，作为一个以写作为职业的人，我想有这些智力上的优势是应该的，但奇怪的是，我竟然一直都下不好象棋，这太不可思议了，为什么呢？象棋和其他事情有何不同吗？不是聪明

人就应该赢笨蛋吗?

傅善祥有些紧张，为自己刚才赢了霍颂南而不安。

为什么智力上无问题，做任何事都无问题，却始终在象棋上找不到感觉呢?只要一铺开这张楚河汉界，我就觉得自己回到了低能时代，除了被打挨打自取其辱就没有别的感觉了。他指指那张棋盘，面带无奈的伤感，它是唯一给我带来挫败感的东西。

傅善祥小声地说，老师，你其实不必在意象棋这件事，它一点也不重要。

他瞪了她一眼，好像在指责她不了解他的困扰。

她硬着头皮说下去，老师，我一直觉得自己是可以做贤妻良母的人，我喜欢小孩子也热爱做饭，我很愿意照顾长辈，然后平时再种植花草什么的，我啊，我常常想我可以过那样的生活，穿着很漂亮的围裙，在阳光里目送丈夫上班小孩上学，然后把家里每一处都擦得干净明亮。可是，我做的饭非常难吃，在做饭这件事上徒有浓厚兴趣与热情，却全无天分，我总把厨房搞得一团乱，对了忘了告诉你，刚才那杯咖啡不是煮的，而是我用你的速溶咖啡泡的，之所以在厨房里滥竽充数地待了那么久，是因为我一直在看你院子里的梧桐树。

他们第一次见面都向对方展现了自己的弱点，坦诚到了奇异的地步，但是没有比这更好的开端了，距离一下子被拉得很近了，关系从编辑和作者上升到了朋友的层次上。

他们约了一周后见面。

我的他，我的她

事实上到了第三天下午他们就见面了，傅善祥接到了霍颂南的电话，让她去趟西岸咖啡馆。虽然离下班时间还有一小时，她还是匆匆和程秀丽知会了一下，就赶过去了。

在后来很长一段时间里，她都试图让自己相信，和霍颂南见面是工作的需要，事实上她清楚地明白，所谓工作只是名义。霍颂南写不写那本小说，已经一点也不重要了，沈主编交给她的任务完不成也没有什么好担心的，在她之前第三编辑室所有的编辑都碰过壁，沈主编本来也不应该抱有太大希望。

她几乎就要忘记约稿这回事了，霍颂南没忘，两人相识一个月后，他在吃饭时郑重地告诉傅善祥，约稿的事情他答应了。

傅善祥惊喜地问，真的？

同时也有些慌张，她也说不清自己心里的感觉，想了整晚也梳理不清，第二天还是向沈主编报告了这个喜讯。沈主编反复叮嘱她，尽可能多地和霍颂南保持联络，他一旦落笔就会在半年之内写完，千万不要中途被其他出版社以更好的条件截掉了小说。

她和霍颂南每隔一天就会见面，要么在西岸咖啡馆，要么一起去吃日本菜，霍颂南对于芥末非常着迷，无论吃什么都要涂上厚厚的芥末，并且能够保持住不被呛，看着他努力坚持的样子真是有趣。

与这个三十六岁的男人相处得久了，就会发现他身上有很多纯洁善良的习性，比如他看到年老的乞丐一定会施舍硬币，有一次他们在地铁里步伐很快，已经走过了，他还是转身退回去，把零钱放

在乞丐的碗里。

有次吃川菜，服务生走神了，将他们已经取消的菜仍然端了上来。傅善祥说退掉吧，霍颂南说，没关系，不要给服务生添麻烦了。

霍颂南对于比他弱势的人心怀宽容，从不故意为难，也不计较。他身上的跋扈嚣张冷酷偏执冷嘲热讽不留情面，只针对和他同一圈子的人，比如出版社、媒体，他得罪了不少人。据说有次和某位刚从法国归来的画家在展会上差点打起来，还因为出言不逊态度傲慢被一家省级电视台封杀，北京有家知名出版社扬言再不跟他合作，原因是他拿了预付款却一年没交出一个字来。从这个角度上说，他几乎就是那种没有什么职业操守的讨厌的作者。

他懒得长袖善舞广结善缘，也没有和文艺圈保持良好互动，只凭着看不见的读者群体继续买他的账而迫使出版社向他低头。在相当多的时间里，他自闭隐居我行我素，不向媚俗世界妥协，他身上有难能可贵的真诚，但那一部分真诚很少示人。

傅善祥心想，自己就是见证那部分真诚的人。

她心怀好奇，向霍颂南打探新小说的构思，说嘛说嘛，我也要向老沈汇报的啊，否则他问起来我怎么交代。

有什么好交代的，霍颂南不以为然。

这是我的工作啊。

你的工作已经完成一半了，另一半是我把稿子交给你后，怎么把它做好，霍颂南看着她，至于工作进程，这是我一个人的秘密，你放心，老沈也是知书达理的人，他会想通的。最后一句说得有些

俏皮了，霍颂南自己也笑了。

那你的意思是我就这么浑浑噩噩地等着就好了？她咬了下嘴唇带着笑意说，可是，有人说你会放鸽子的哦。

他倒老实地承认，隔了会儿他说，答应你的事情我会做到。

几乎就是承诺了，她有些恍惚。

她真的从此不问了，他也再没有说过小说的事，每逢老沈问起，她推不过去了，就随便编一些他想听的东西搪塞过去。

和霍颂南见面时，两人谈电影谈小说谈绘画谈音乐，有意识地将编辑与作者这层关系埋了起来。他们就像朋友，暧昧的危险的陡峭的，一触即发的一碰即落的一吹即灭的，所有的美好诱惑就如同清晨花蕊上的那颗晶莹剔透的露珠。

她疑心遇到了自己灵魂深处渴求的那个人，他们有那么多话题可聊，又有那么多共同爱好，都喜欢高更和达利的画，稍有不同的是，她喜欢高更多一些，他更热爱达利。他说达利有魔鬼般的想象力，就像自己创立宗教般，头上顶着不可见的光环。她说高更代表了对于文明世界的否决与叛逃，他完成了大多数艺术家心向往之然而无法做到的放逐。

他喜欢看的电影也全是她迷恋的，关于电影，他们可以说上三天三夜甚至更长时间。对于电影里细节的喜欢，往往是可意会不可言传的，因此喜欢往往会变成无法言传的惆怅。对方如果同样也能领会其细微处的奇幻，是否就可以证明孤独并非永远确凿之事？

就像两人站在落霞满天的江水前，你若也能知晓我心里对如此美景的欢喜，你就会明白我为什么会沉默不语。如果你什么也不说，我同样也能明悉你所思所想所感所得。

在某个瞬间达到心灵相通，在某个瞬间忽觉一切有形的隔阂竟如虚设，在某个瞬间世上万象皆不重要。

她背熟了霍颂南的电话号码，反复将11位数字念来念去，然后打乱，正确地组合后，只要拨打出去就能听见他低沉的声音。

她能察觉自己情绪里的微小变化，她不能阻止自己的心，心是如此肆意，肆意要朝向往处眷顾，心摇摆着他的名字他的身影他的神情。

她也不能控制思念，在每一个见不到他的日子都暗生忧伤，好像一日三秋无法过活，而在每一次与他见面的日子却患得患失，生怕时间过得太快，尚未牢记他的模样，已不得不在拐角处分离。

她不相信霍颂南看不出来她眼神里的深情款款，事实上这种异样的眼光，她也曾经在他眼睛里捕捉到丝丝缕缕，她同样也不会相信自己会误读。

那天，她终于在暧昧的动荡不安里哭了起来。

他们一起去看电影，其实真的没有必要看这种电影，不知所谓，什么也不是，也许只是为了享受一下电影院里的冷气。他们看的是一部放映了半小时也毫无头绪的垃圾电影。

二号大厅里本来就只有十来个人，中途陆陆续续有人离开，坚持到最后的只有他们俩。灯光大亮，他起身笑着说，导演一定不知道自己是个傻子。

她仍然坐着。

他俯身看她发什么呆，然后看到了她脸上的泪水。

他惊讶极了，手搭在她肩上，怎么了？怎么哭了呢？这电影并不是悲剧啊。

他不说还好，话音刚落，她就正式地哭了起来，似乎刚才还能控制住情绪，现如今被他看到了，便有不管不顾的放任。她低下头，抽抽搭搭地发出了微弱的哀泣声。

不要这样不要这样，他把她扶了起来，犹豫了一下把她拉入怀中，这个温柔的动作终于有效果，她一动不动地埋在他身上，像一个知道自己犯了错的小动物。

你为什么哭？在吃饭的时候他问。

不要问这个。

怎么能不问，我带你看了一场非常坏的电影，把你惹哭了，我要检讨自己啊，霍颂南不依不挠地。

她本来想说和你没关系，但完完全全和他有关系，或者说正是因为他，自己才会那么不合时宜地哭的。

电影也不算坏，她小心地说，有几个情节拍得不赖。

比如？

当那个笨笨的女主角表白时，男主角吓坏了，他拔腿就跑，后

来又转身跑回了女主角的身边。

你就是这样看哭的？霍颂南笑了。

还有，他们恋爱时穿一样的衣服一样的拖鞋，连牙刷都是一样的，男主角对女主角非常深情地说，以后我们连爸妈都是一样的了。

霍颂南现出不可思议的表情，善祥，不对啊，你怎么变了？你以前不是这样的，看来我真不应该带你看这种品味庸俗的商业电影。你以前可是个只有安哲罗普洛斯那样的大师才能把你惹哭的聪明姑娘啊，都是我不好，以后我们只看艺术电影了。

她安安静静地吃完了面前的那份沙拉，接着消灭三文鱼，以同样的沉默解决了冰淇淋后，她端端正正地坐着，抬头猛喝了一大口红酒。

闭上眼睛，她听见自己说，我确实变了，那样的电影能够把我惹哭，原因不是我审美情趣出了问题，而是因为我爱上一个人而变得脆弱了，看到了他人美好的故事就会想到自己的悲哀。我想我真的变得脆弱了，脆弱的原因是我爱上你了，我不能忍受你坐在我身边只作为一个普通朋友。

她决定在霍颂南不开口前，不睁开眼睛。

大概隔了一个世纪，霍颂南打破了这种可怕的沉默，他喊住了服务生，再来一瓶红酒。

法国干红对于傅善祥来说是甜蜜的，令他迷醉。

与霍颂南的交往，她第一个告诉的人就是欧芹，她在电子邮件里

对欧芹说：亲爱的欧芹，我恋爱了，我不知道应该怎么和你形容我现在的心情，也不知道应该怎么来描绘我喜欢的那个男人。我生怕我不能把他写得很好，无论怎么写都不足以表达他的完美，他是完美的，就像上帝知晓我的喜好，顺着我的心意把他带到了我身边。我大概明白了什么是幸福。欧芹，幸福是有的，对不对？无论人生多么艰难困顿，幸福也是会有的，对不对？欧芹，请你祝福我。

程秀丽是自己发觉的，某天，她盯着傅善祥看，用肯定句说，你恋爱了。

嗯？傅善祥下意识地摸了摸自己的脸。

不要抵赖，瞒不过我的，程秀丽做了个掐指一算的动作，我知道你爱上谁了，这很危险。

傅善祥不知怎么应对才好，索性就什么也不说，装出努力工作的样子。过了会儿还是觉得好奇，低声问程秀丽，你从哪看出来的？

你以前不化妆的，现在涂脂抹粉不算，还接二连三地换新衣服新鞋子，征兆简直明显得叫人不好意思忽视。

可是危险是什么意思？

程秀丽笑了笑，所有的爱情都是危险的。

傅善祥低眉不语，她知道程秀丽一定猜到是霍颂南了，以至于信心十足，连求证都不必。

相识的第三个月，他们成为了情侣。人在幸福的时候会产生痴

61

念，觉得自己是世上最快乐的人，在路上看到别的情侣也会毫不客气地想，他们一定不如自己幸福，甚至他们可能貌合神离，不过是无聊男女为了打发时间对抗空虚而苟且厮混的模式。

只有自己的恋爱才称得上惊天动地可歌可泣销魂蚀骨烂漫旖旎，配得起那句"金风玉露一相逢，便胜却人间无数"的正大仙容，只有自己的恋爱才是两个对等的灵魂寂寞许久之后得以实现耳鬓厮磨的痴缠。

有时霍颂南会在她的公寓留宿，不过次数很少，因为他更喜欢自己家的大床自己家的洗手间自己家的台灯。他情愿开车来载她去郊外，去的问题解决了，第二天上班傅善祥得很早起来去赶地铁，在路上花的时间就要留出两小时。她六点钟起床，而且梳洗的过程必须轻手轻脚，他非常痛恨在清晨被吵醒，每天睡觉前都会拔掉电话线，就是希望一梦到午后，大多数作家都有下午起床的恶习。

刷牙的时候，她把水龙头拧得很小，怕水流声吵到睡梦中的霍颂南。早饭自然是不吃的了，以往在家时附近有家二十四小时的便利店，解决早饭很方便，现在总得饥肠辘辘地坐地铁，在前往公司的路上寻找可以果腹的早点。这些小小的细节不算什么，比起与霍颂南的恋爱来说，这些算得了什么？

当然，也不尽是完美的，比如霍颂南总是深夜工作到凌晨，而且在他工作的时候是禁止任何打扰的。就算两人在一起，他也能够仔细划出自己的区域，几乎所有的规则都由他来制定。从这个角度

上来说，他是个太过强势的男人，他决定什么时候去哪里，他决定什么时候吃什么，他决定空调的温度多少最适宜，他决定她适合穿哪件衣服，他决定恋爱的进程发展到哪一步，他也不愿意见她的朋友，连和黎艳书见面也只是凑巧罢了。那次他们正好在看画展，黎艳书打电话来约傅善祥逛街。

霍颂南就开车送她，刚到美华百货门口，黎艳书就走过来了，她满面春风地约霍颂南一起去喝茶，她热情地说，有男士在场，就不逛街了。

还好，霍颂南并不讨厌黎艳书，场面还算融洽。霍颂南也没有说什么别扭的话，很正常地谈了些过去的经历，有一些连傅善祥都没听过，比如他曾经出过海，晕船很厉害，比如有一年他去越南，被街头的飞车党抢了包，比如他曾经是个摄影发烧友，差点开影楼，非常非常年轻的时候。

黎艳书很崇拜像霍颂南这样的文艺青年，她说下次去书店把他的书买齐了来找他签名。

关于这个霍颂南不置可否，他顶讨厌在书上签名，觉得这样会把书搞脏。他家的书全部是整整齐齐干干净净的，连傅善祥看他的书也经常被他叮嘱，不要折角不要卷起来，要小心，总之看完后要保持崭新的状态，就像不曾翻阅一样。

有次傅善祥翻得太快，把一本书其中一页撕裂了一小道口子，她主动向霍颂南承认错误。他立刻说这书不要了，送你了，并亲自把这本被她无意中撕坏的书塞进她包里，生怕她忘记一样。

因为傅善祥爱他，所以越发觉得这些小细节很可爱。

爱一个人就是能把他的缺点也看成优点吧！爱一个人，更像是一种盲目的狂热的信仰。

如果爱，真的是这样，那么黎艳书就不曾爱过，黎艳书很容易喜欢别人，她从来不会发疯，连发烧都不会。当年她和施廊也有过如胶似漆的时光，但临到应该分手的时候，她毫不马虎非常绝情，说分手就分手了。

黎艳书对于丈夫刘海也没有水深火热的爱，相亲就是彼此满意后敲定的，更像是谈一笔交易。她是喜欢刘海的钱，刘海喜欢她的美丽，漂亮女人更容易带得出去，将来生孩子基因也好。黎艳书个子高挑，皮肤细白，加上又是货真价实的本科生，智力应该也不差。

在最初的新鲜感过去后，刘海又回复到以往的生活。应酬饭局出差，和客户去按摩院，几乎全城的桑拿房都有贵宾卡。他介绍了一些富太太给黎艳书打麻将，但黎艳书年纪太轻又长得太美，虽然脾气好，容易和人相处，那帮富太太还是联手起来不带她玩。她也不计较，本来就觉得自己和中年妇女没什么共同点，除非愿意天天听她们吹嘘儿女多么有出息，控诉如今世道太不好了，稍像样的女人全是狐狸精。

再加上刘海在生意圈里属于正在奋斗的有生力量，不算太有钱但很有竞争力，富太太们有点看不起刘海又对他的前景产生微妙的嫉妒，带着复杂的情绪便也不愿意和黎艳书来往过多。

黎艳书没在那个阶级里结下友谊。

她仍然把傅善祥当成最好的朋友，一有空就打电话约她出来谈人生。谈人生只是开玩笑罢了，其实黎艳书从来不谈人生，她只关

心看得见摸得着的东西。

傅善祥更喜欢欧芹，她常常想，自己是介乎于欧芹和黎艳书之间的，欧芹在厌世的那一端，而黎艳书沉醉于世俗幸福之中。对于黎艳书，美食让她快乐，现金让她快乐，房子车子全能让她喜上眉梢，皮草大衣钻石名表更能激发她真诚的尖叫。

而欧芹似乎把她放在金山银山上坐着，也不会快乐，她脸上总是有一种恍若隔世的表情，好像自己不生活在当下似的。

自从欧芹去了远方，她也真的就像生活在另一时空了，不定时有电子邮件，或长或短，描绘的生活让傅善祥觉得陌生而遥远，她想象不出来穿藏袍的欧芹是什么模样。

初到拉萨的第三天，欧芹就在八廓街买了一件藏袍，起初是想要扮成藏族混进寺庙，后来觉得穿藏袍也很好看，就索性继续穿了，宽宽大大，暗蓝色。

在西宁待了月余，已经适应了高海拔，所以在拉萨也不觉得有什么不舒服，倒是同房的一个香港女孩头痛欲裂，白天也躺在床上休息。

这家青年旅馆坐落在北京东路，人气很旺，在很久以前，这里本来是开染坊的，五年前建成了三层楼的旅馆，院子里经常停满了越野车。旅馆周围一应俱全，银行餐吧网吧酒吧，欧芹最喜欢去的是拐进小巷三十米的那家不容易被发现的酒吧，名字很有意思，走吧。

一起去的朋友老罗把老板娘耽美介绍给欧芹，徐耽美，搞艺术的。

一身印度服饰的耽美笑了笑，问他们喝点什么。

老罗要了拉萨啤酒。

为什么叫走吧？欧芹在吧台前问耽美。

来的人都要走的嘛。

哦，我以为是出发的意思。

耽美看着欧芹，其实也有你说的这个意思，我每天都在劝自己走吧走吧，可是一下子就在拉萨停了三年。

三年都是开酒吧吗？

当然不是，以前还开过咖啡馆，走吧才开不久，拉萨的生意都只能做半年，淡季时我就画画，耽美拎了啤酒，和欧芹一起坐到老罗那边去。

走吧很小，除了吧台那一排高脚凳，就只有四张桌子，进门是一张大方桌，然后就是老罗占据的这桌。吧台那边还有个低矮的拱门，进去的人必须小心地弯腰，否则一定会撞到头。 小门进去是一间幽暗的密室，两张极小的桌子，用一堵淡黄色土墙隔开。欧芹不太喜欢这种洞穴式的感觉。

走吧地处偏僻小巷，生意倒也不错，不一会儿四张桌子就全满了。一大帮老外挤满了那张邻近的方桌，弹着吉他唱着歌，老罗正

在苦学英文，于是跑去找老外练口语。不知哪儿钻出来个蒙古青年，向老外借了吉他拨弄了起来，还吼了几嗓子，老外们纷纷给他鼓掌。气氛一下子就沸腾起来，酒烟音乐，让人发晕。

徐耽美有一张冷漠的脸，当她面无表情时，会让人觉得难以接近，就算是在酒吧模糊的灯光下，也能看出她经年已久的憔悴，她身上有种沉默的暮气。

欧芹说想看看她的画作，她笑着说，涂鸦罢了。

刚才老罗还说你的作品卖过钱呢。

徐耽美笑了起来，是卖掉过一些，但你要相信我，我不是谦虚的人，我真的觉得自己画得很……这么和你说吧，我想我没有天分。一个画家有多少天分他自己是最清楚的，真正懂画的人也清楚，那些花钱买我的画的人，要么是附庸风雅不识货，要么是出于对我本人的欣赏。

她顿了顿，之所以在知道自己没天分的情况下还继续画，只是一种消遣的爱好罢了。

欧芹眼神落在墙上那幅藏族少女的油画上，这是你画的吗？

徐耽美笑道，我的最高水准了。

欧芹走到油画前仔细揣摩，藏族少女手拿转经筒，有些羞怯，眼神明亮清澈。徐耽美是捕捉到了主人公灵魂的。欧芹回头对她说，不管你怎么否定自己的作品，我都很喜欢这幅。

改天带你去张生的画廊，他才是真正的画家，徐耽美轻轻晃了晃酒杯。

67

两天后徐耽美果真带欧芹去找张生了，老罗也跟着她们一起去了。

张生的画廊在八廓街，走进一扇狭窄而不起眼的门，绕过一个院子，踏上悬空的木质楼梯，里面有间屋顶很高略显空荡的宅子，淡黄色墙壁上挂着三十来幅画作。欧芹看到张生的作品时，脑子一热，被震到了。她在心里默默承认了徐耽美的作品确实道行不够，更像是娱乐的习作。

张生长得也完全是一副艺术家的模样，而且还没有艺术家的纤弱病态，如果是在路上遇见，大概很有可能误会张生是藏族人的，他皮肤晒成麦色，眼神凌厉，体格健壮，有一股子漫不经心的洒脱不羁。

画廊中间摆着桌椅，张生请他们坐下来喝茶，欧芹略喝了两口，就起身沿着顺时针方向慢慢欣赏。张生很有想象力，基本上很少有写实的作品，每幅画都像一个梦，且是远古时代缥缈的梦，充满了神秘的宗教气息，能够从中看出张生确实在西藏待了很长时间，似乎已经触碰到了西藏内核，并通过自己的想象力将其展现。欧芹尤其喜欢挂在角落里的一幅墨色的画，一个小男孩半跪在地，将海螺放在耳边认真地听着，线条非常简洁，没有任何一笔是多余的，整个神韵跃然纸上，张生真的是有才气的。

看完所有的作品后，回到桌边，欧芹凝视张生的眼神已经变得极其温柔了。她喜欢所有有才华的人，有才华就一定是被上帝格外留意的，不管才气是不是会给个体生命带来更多的痛楚悲哀和毁灭。

　　张生和老罗聊着他的生死经历，说有一年去牧区迷了路，被狼追赶，以为自己要死了，拼命地跑，不知跑了多久，看到了牧民的帐篷，连滚带爬地撞过去，自此落下了心理障碍，很长一段时间里都不敢去太过荒凉的地方。

　　张生说话不算多，还是老罗比较健谈，事实上欧芹认识老罗也是因为这个原因。欧芹在青年旅馆的留言板前看拼车信息时，老罗凑过来搭讪，你想去哪？

　　她反问老罗是不是司机。

　　不是，我正在找伴去阿里呢。

　　巧了，我就是想去阿里的，欧芹说。

　　因为目标一致，所以老罗就天天捎上欧芹了。老罗在西藏已经漂了大半年了，除了阿里还是空白外，其他地方都走完了。至于拉萨，那更是熟得几乎把全城的酒吧都混了个遍，老罗说，你就跟我混吧。

　　老罗倒也真的不是吹的，捎着欧芹去过好几个酒吧，甚至还认识一些喇嘛，对于拉萨有什么好吃好玩的就更清楚了。

　　老罗胡子拉碴的，猜不出年龄，也没有成家立业的打算，对游山玩水的兴趣远远大过于结婚生子。老罗曾经在云南开过户外用品店，也一直想在拉萨重操旧业，所以就以考察商机的名义在拉萨继续漂着。

　　张生前年去过阿里，他朝欧芹打量了一下，你行吗？在拉萨三千多海拔没事，阿里五千多的海拔就难说了。

欧芹笑了笑，我想应该没事的，就算真有高原反应的话，我也撑得住。

这姑娘说话真硬气，张生也笑了。

要不要一起去阿里？老罗开始游说耽美，你在拉萨这么久都不去趟阿里，说不过去啊。

我身体不好，万一到时候挂了，也是给你们添麻烦。

拿这个生死问题来威胁我，老罗笑道。

我考虑一下，耽美想了想，你们打算包车吗？

我想坐班车，欧芹说。

哎哟，那我就不考虑了，我吃不消这种苦的，还是留在拉萨好了，耽美立刻就否决了去阿里的可能性。

和张生熟了后，经常被他拉去吃藏式牛肉包子。每次聊得差不多后，他都会说，我们去吃包子吧。

一般游客很难摸索到这家包子铺，味道非常正宗，还会配上鲜美的肉汤。看着张生对肉汤的热情，欧芹疑心他就是因为喜欢喝汤才顺便喜欢上牛肉包子的。

在拉萨逗留的日子里，他们去的最多的是仓姑寺。那里已经变成了藏漂们的心头好，如果不是同对方很熟，简直都不愿意告诉他拉萨还有这么好的去处。仓姑寺隐藏在八廓街。八廓街迷巷万千，如果不是有人领过去，就算找上一整天也找不着。欧芹也是仔细留了意，跟着张生他们走了两遍，才对大概方位有了个判断。仓姑寺离回族人的生活区域很近，如果从大昭寺绕到仓姑寺，拐的那些弯

70

能直接把人转晕。去仓姑寺的基本上都是藏族人，偶尔也有些老外，奇怪，老外竟然能够摸到这个妙地。

仓姑寺是一座尼姑庙，寺门低调到等同于无。尼姑们在宽敞的院子里搭起了黑色篷盖，一碗藏面两块钱，还有甜茶酥油茶，以及尼姑们自己制作的各式素菜包子。去了那么多次，具体佛殿长什么样，一次也没有看，就是闲闲坐在院子里的红色长椅上聊天发呆，听听音乐拍拍照，时光哗一声就从午后黯淡到黄昏，温度忽一下就从炎热沉寂到微凉。

有一次他们浩浩荡荡，从仓姑寺七拐八拐回到大昭寺，附近的小贩们正纷纷收摊，到处都充满了离去的萧索感。

在人走茶凉的散场气氛里，张生站在路口等他们，一缕残阳从他身后照过来，他的脸有一种模糊的灰，看起来风尘仆仆疲惫厌倦，犹如漂泊在异乡的孤魂野鬼。欧芹心里晃起了哀伤的波纹。他们全是无家可归的人吧，或者，通常意义上的家，也系不住不安的心。为着自己心里的某个原因，留在藏地高原，是想寻找什么，又能找到什么呢？

我们这些两手空空的人啊，欧芹回头朝耽美感慨了一下，耽美拉了拉她的手，示意能够明白她的失落与迷惘。

张生在八廊街租了房子，而耽美住在仙足岛，她说喜欢每天早上起来，站在阳台上看一会儿拉萨河水流滔滔的样子。

张生的房子边是一座很小的无名寺庙，香火不旺，只有两个僧人。张生经常坐在门口的石阶上看经书，他还会唱梵语版的《心

经》，有一次喝得微醉，还当真卖弄了一嗓子。

欧芹疑心张生和耽美有某种暧昧关系，小心地向老罗去求证，老罗笑着说，你看到的已经是结局了。

怎么讲？

以前是一对，后来分手了，不过大家都拿得起放得下，现在就变成了好朋友。

为什么分手？欧芹好奇地打听。

还是不能够真的在一起生活吧，耽美提出分手的，你自己去问好了，我也不清楚，老罗语焉不详的。

老罗在青年旅馆里找到旅伴，一起去山南的拉姆拉错了。欧芹就每天去走吧和耽美混着。

耽美抽烟喝酒都很凶，总也心事重重的样子，张生也来过几趟，带了不同的艺术家，画唐卡的，临摹壁画的，搞乐队的，欧芹对绘画不甚了解，就窝在角落里听他们侃。

耽美和这帮人都是旧识，唯一不同的是耽美不像他们，个个都觉得老子天下前三名，耽美是很清醒的玩票性质。

有次耽美邀请大家去她家聚会，打了车到仙足岛，欧芹第一次去那里，果然在阳台上看到了拉萨河。耽美家很冷清，家具少得令人不安，比起耽美的住处，倒是走吧更温暖多情些。

同去的几个画家、诗人，分开来看每个人都很颓废，凑在一起倒又积极，很快就凑齐了一桌麻将，兴高采烈地玩起来。耽美在做饭和上馆子之间犹豫了五分钟，最后选择打电话叫外卖。

楼下的饭馆送来五菜一汤，不怎么好吃，欧芹每样吃了一点，几个艺术家风卷残云地解决了其余的，又迅速回到桌子上酣战去了。

这个聚会变得非常无聊，欧芹翻了几页杂志，提出要先回去，耽美不让她走，带她去拉萨河边散步。

从耽美的住处走到河边只需几分钟，河水湍急，滩涂寂寞，岸边层层叠叠的鹅卵石们形态各异，被经年累月的流水冲积得光滑圆润。耽美披着件淡黄色的毛衣，用鞋尖慢慢踢着脚下的小石头。

她问欧芹，你会不会用石头击打水面？说着，俯身捡起一块石头，一扬手，石头在河面上蹦跳了六次。

我最多打过九次。

这么厉害，欧芹也试着打了一下，石头立刻就砸进水里去了。

以前和张生PK过，赢了他二百块，耽美笑盈盈的，我每天都会到河边来玩一会儿打石头的游戏。

她似乎意识到自己这种行为可能是怪异的，故作轻松地补了一句，这很有趣，不是吗？

两人略有些沉默，耽美又捡起块石头打向河水中央，这次只跳了三下就沉下去了。

张生好像很喜欢你啊，欧芹本想试探得婉转些，还是没有找到更好的措词。

耽美有些讶异，但很快就舒缓了表情，我们认识很多年了。

把她当做世上最美的玫瑰

张生和耽美是有故事的，他们用一种共同的默契，将一切埋葬在岁月长河里。

耽美比张生大五岁，张生第一次见到她是叫师母的。2002年耽美嫁给了杭州知名画家缪春秋，张生是浙江美院的高才生，同时也是缪春秋的最得意的门生。

张生风华正茂前途无量，而徐耽美与缪春秋的婚姻也美满幸福，她带着崇拜，一心热爱自己的夫君，以他的快乐为快乐，以他的追求为追求，结婚两年后，徐耽美怀孕了。

不知道痛苦是不是嗅出了幸福的味道，阴森森地尾随而至。命运如同沙盘，在那个黄昏，世界颠倒，白变黑，生变成死，完满变破碎，幸福变悲恸。

缪春秋并没有当场死亡，而是在医院里抢救了三小时才断气的。耽美已经记不起自己是怎么熬过那艰难的三小时的了，脑子里一片空白。张生一直陪在左右，后来的每一天每一年，都如此。

那辆肇事车在雨夜逃走了，警方也没有查出什么头绪，缪春秋就这么不明不白地死去了。徐耽美在二十八岁时成了遗孀，腹中的孩子也成了遗腹子。

耽美紧紧握住缪春秋冰凉的手，泪流满面，泣不成声，用呜咽的声音告诉他，会把孩子生下来抚养成人，让他放心。

缪春秋已经没有呼吸了，连耽美给他的最后承诺也没有听见，耽美不知自己的生命里会遇到如此惨烈的事，像三流小说一样，所有悲剧因子一下子涌现出来。是魔鬼降临到她的生活里了吗？为什么刹那间所有的一切全部成空？为什么接了一通医院的电话，就失去了所有的幸福？耽美不停地在记忆里翻箱倒柜，自己到底做错了什么事，要承受如此沉痛的灾难，是不是她拥有了太过完美的幸福，而上帝并不欣赏这样的神话，决意悉数收回，让他的子民更懂得什么是无常。

她哭了又哭，哭了又哭，不眠不休不吃不喝，残余的一丝理智告诉自己，为了腹中的孩子必须节制悲伤，但这怎么可能怎么可能，她怎么能够平静下来。

她抱住头，成千上万个疯狂的尖叫在脑子里沸腾、升起、爆炸，她一边试图安抚自己，清醒而坚强地为了孩子勇敢活下去，一边却对未知的生命滋生了莫名恨意，他影响了自己真实情绪的表

达，妨碍了自己其他的决定。耽美有无数次想要结束生命，当她生活里最重要的那个人不在了，她的生命也不再有意义。

她想死。

活下去的艰难程度远远超过对死亡的恐惧，不，不，在缪春秋已经死去的前提下，死亡甚至变成了一种对于神秘国度的向往，隐隐透出了召唤的亮色。他在那里，他在那里等她，她神志不清，想要随着幻觉而去。

他在死亡那边等着她，在那里他还会继续照顾她，他不会不管她，他们终将在一起，只是换了个地点罢了。

她又哭又闹，痛恨这个生的世界里所有的羁绊，愤怒的时候甚至抡起了拳头，捶打自己的小腹，抽痛了两下，又抱住头空空地干嚎了起来。

哭到喉咙失掉声音。

她强烈地感觉到自己是一个被剪坏的纸人，被扎了针的稻草人，被踩烂的玩偶。凡是一切被破坏的美好都是她，凡是一切被毁灭的完整都是她。

在最初的时候，她的周围还很热闹，从某种程度上说，丧事要比喜事更热闹，喜事需要遍撒英雄帖，收到的人第一反应就是要出钱买饭局了，而丧事不需要特别通知谁，沾亲带故的全自觉自愿地跑过来了。亲人们安营扎寨，同心协力料理着各种复杂的琐事，而最痛苦的那个，尤其像徐耽美这样身处悲惨处境的是要被供起来的。她只要负责哭就好了，周围的人纷纷劝慰她，你千万不要哭坏了身子啊，耽美啊，缪春秋如果知道你这么伤心，也放心不下你

啊，你还有小孩啊，他的骨肉啊……耽美哭得视线模糊，听觉也弱化了，分不清都是谁在说话，她觉得自己被扔进茫茫大海，坐在一叶扁舟上随波逐流无处可去，在没有缪春秋的将来岁月里，她将怎么办怎么办怎么办。

缪春秋，怎么可以。

葬礼气势磅礴地进行着，来过许多官员模样的人，还有新闻媒体以及不知道亲疏远近的各种人。有些被带到耽美面前，陪她落一会儿泪，再向她感慨一下缪春秋生前是个多么完美的人，才华横溢待人亲切，失去了他，对于中国画坛是不可估量的损失。也来过许多同行，不知道是兔死狐悲的同感，还是仅仅出于好奇，谨慎地打量缪春秋的葬礼规模，想象将来自己的葬礼是否也会大同小异。那些画家多多少少是认识耽美或知道缪春秋有这么一位年轻妻子的，曾经他们窃窃地嫉妒过，而今难免会生起些心思，缪春秋命里受不起这种福分。

耽美疑心前来吊唁的各路人马里有相当一部分并不哀戚，与死者交情甚浅，不过是抱着看戏的心态前来观光。缪春秋的死是有看点的：第一肇事车辆逃逸，缪春秋死得冤枉；第二徐耽美已经有三个月身孕了，她处在为了腹中的孩子要控制情绪，为了丈夫又无法强抑悲伤这两种极度矛盾的心情中。她到底如何经受这一人间惨剧，被命运痛击后脸上又是何种表情，很多人都想亲眼目睹一下，以吊唁的名义，满足对惨烈的见证。

耽美心知自己被推到了风口浪尖，所有人都在默默地旁观着她的悲恸。她软弱地憎恨着周围的一切，又无法拒绝那些居心叵测又

义正严词的关怀与安慰。她看着人们意味深长的眼神，一句话也说不出，只是流泪流泪流泪。

火化，落葬，头七，这一切是怎么被时间一步步推过去的，她已经记不清了。只记得从最初的人头攒动，慢慢重新回到了四壁清冷，只剩几个至亲还在他们的房子里出入着。缪春秋的父亲早就过世了，母亲虽然已过古稀之年，但精神出奇矍铄，白发人送黑发人时，还能保持令人惊异的镇定。儿子的坟地也是她敲定的，甚至没有忘记找熟人打了个折扣。她去年给自己在同一墓区置了块地，和儿子是邻居。

缪春秋还有姐姐和哥哥，姐姐精明能干，继承了母亲的利落，哥哥长得和缪春秋有些像，但没有什么出息，也不知道在什么公司里浑浑噩噩着，据说连这份差强人意的工作也是托了缪春秋的关系才找到的，耽美和他们都不熟。

两年前耽美和缪春秋因为一个画展而相识，她没有想过缪春秋会喜欢自己，她视缪春秋为长辈，当缪春秋拉起她手时，她第一反应是抽回，也不知道是畏惧缪春秋不怒自威的风度，还是爱情真的可以慢慢培养，不久她也真的爱上了缪春秋，爱上他面容的褶皱，深邃的双眼，俊挺的鼻梁，以及工作时全神贯注的模样。他是宠爱她的，把她当做世上最美的玫瑰，他的爱如此含蓄适度，带着温柔的绅士风度。他睿智沉着，负担起她的人生。

他们宣布要结婚时，缪母是反对的，但也不是用暴怒的方式，

而是以冷漠来拒绝耽美的存在。她在婚礼上没有喝下耽美敬的酒，淡淡地把杯子放在桌上。两年里她也一直没有对耽美有过和蔼可亲的举动，就算得知她有了身孕，缪母也还是坚持自己一直以来的立场，拒绝喜欢这个年轻的媳妇，她只是凭着对儿子的感情才默认了耽美的存在。

在缪春秋的丧礼上，比起耽美的痛彻心扉与哀嚎，缪母的表现可以得满分。她得体地表现了自己的哀伤，却一次也没有失控，她是一个坚强的女人，充满暮色皱纹的脸上有历尽人间劫数的淡漠。她感谢每一位前来哀悼的人，把腰板挺得很直，年过七旬，神智清楚，说话也斩钉截铁，缪春秋身上的威严仪态显然是承继了她的。

缪春秋的死成为定局后，耽美出事了，她第一个电话是打给张生的。

她和缪春秋的孩子终于没有保住，是她太悲伤了，从意志到身体全部垮掉了。半夜腹痛，浑身颤抖，一股寒气从脚尖升起，她终于失去了缪春秋留给她的最后一抹气息。

她望着天花板上淡蓝色的水晶大吊灯，那吊灯垂着优美的流苏，光线渐变靡丽，像梦一样迷离，价格昂贵得离谱。缪春秋看出耽美的喜爱，就买下了这一款，她再三说不要，他轻轻抱着她的肩，只要你喜欢。

她真的喜欢，此后每晚都看着这么美的灯饰睡去，连梦境都温柔。她经常啪嗒啪嗒地玩着吊灯的开关，端详它是怎样从寂寞的漆

黑里慢慢亮起，泛出一身微蓝幽光，又是如何缓缓低沉，逐一消失在夜的静谧中。

从前，缪春秋睡在她边上，而今她一个人睡。

他们的床很大很大，大到令人绝望，她几乎不能够忍受这张充满回忆的床，但又贪恋着曾经的回忆，似乎合上眼睛就能假装缪春秋安安静静地睡在她边上，她一动不动，不敢伸出手，怕摸索不到他的身体又从虚幻里惊醒。

她小心地嗅着枕头上他的气味，像一条失去主人的惊惶失措的狗，她反复地回刍着他们的往事片段，一头扎进回忆里又心如刀绞恨不得即刻死去。

她想死。

结果是她没有死成，而太过沉重的悲伤终于淹没了腹中的小生命，他或她，离开了。张生连夜赶来，送她去医院，然后通知了缪家的人。

缪家的人直到第二天才来，没有半夜赶来的理由也可以猜得到，反正孩子已经保不住了，而像她这样年轻的女人，流一次产又不会死。她很快就会恢复的，没什么可着急的。缪家的人大概是有些遗憾的，但那遗憾并不多。

缪春秋的姐姐和哥哥都有自己的子女，不担心什么缪家血脉的问题，而像缪母这样坚强的女人，接受事实并不困难，以前徐耽美怀孕她不觉得有惊喜的必要，而今流产了，她同样也不觉得痛心疾首。甚至于，缪母吁了一口气，分明感觉到了某种解脱，缪家可以跟这个年轻女人斩断关系了，她才二十八岁，很快就会再嫁的。

徐耽美在住院调养期间，缪家人除了拎来一只水果篮外再无表示。一个月后徐耽美接到了律师信，关于缪春秋遗产分割的事。

缪家聘请了律师，并没有私下知会徐耽美，更无商量，一副公事公办的样子。他们从前的亲戚关系全是因为缪春秋，现在他不在了，缪家视徐耽美为陌生人，甚至是敌对方。

她知道缪家怎么看她，这么年轻却嫁给四十三岁的缪春秋，是贪图他的财产与地位吧，无非也就是寻常可见的拜金女，手腕巧妙运气不俗，顺利成为了缪太太。

如果缪家再尖酸刻薄些，就要把她视为缪春秋的灾星。在她没有出现前，缪春秋身体健康得连个感冒都不生，保养得极妥帖。缪春秋一向开车很稳，遵守交通规则，从来没有闯红灯的记录，也不曾酒后驾驶，如果开车也有评等级的话，他在完美那一档里。

那天怎么就出事了呢？他去嘉兴出席一个会议，主办方订了酒店让他住一晚，他想着徐耽美一个人在家放心不下，当天开车回杭州。

他回来了，踏上死亡之途，再也回不来了。

徐耽美看着律师信，泪水大颗大颗地往下掉，这两个月里发生了太多事，一桩接一桩，每一桩都想把她击倒在地。她努力支撑着，从一个幸福的女人沦落至此，失去了丈夫，失去了腹中的孩子，然后婆家寄来黑字白纸的律师信，打算与她对簿公堂。

徐耽美很想打电话给缪家，他们真的完全不顾念缪春秋吗，在他尸骨未寒时急切地要瓜分财产,还是实在太讨厌自己了，一刻也不愿意等，想要马上斩断和自己的关系？

缪春秋有许多遗产，多年来收藏的画作以及他自己的作品，还有银行里的现款以及房子车子。缪家断断不会坐视这一切全由一个才和缪春秋结婚两年的女人继承的，倘若她真的生下了遗腹子还好些，但现今情况很显然，她已经成了实质上的外人。

张生给她递了杯水，说可以帮她找律师。

她抹掉了眼泪，推开那封冰冷刺骨的律师信，不，我不要找律师，我要和他们庭外和解。

别傻了，耽美，张生坐在她边上，不知从几时起，张生不再叫她师母。

有些东西本来就是你的，必须走法律途径，不明白吗？缪妈妈那么厉害的人，你要是和她谈，什么也拿不到。

我什么也不要，徐耽美重复了一遍。

为什么不要？根本不用你自己出面，交给律师就行了。

徐耽美的泪水又流了下来，恍恍惚惚地看着张生，你说的没错，但春秋如果泉下有知，一定会伤心，我已经伤透他的心了，把孩子弄没了，再和他家人争遗产，他一定不会原谅我。我不要争这些，我不在乎，全给缪家也没关系，没关系。

耽美心意已决。

张生在无可奈何的情况下，替她去和缪家谈了几次，缪母最终同意给耽美一笔钱，其余所有东西都归缪家，至于缪家内部怎么处理，他们自然会分得一清二楚。

张生提出耽美拿走二十万现金，一切固定财产都不再染指。两年，二十万，缪家认为她并不值这个价，但还是同意了。

耽美搬出了与缪春秋住了两年的房子，搬家时她一直在考虑要带走哪些东西。一样样看过来，每一样都载满了回忆，都是她恋恋不舍又不愿回顾的昔日往事。

最后她只拿走了自己的东西，两人共有的物件全都放弃了，连结婚照都烧掉了，背面朝上，垒成一堆，痛下决心将其点燃，过去的甜蜜变成了一团灰。

她曾经考虑过要不要保留缪春秋的领带、毛衣或者用过的茶杯钢笔等，但拿起每一样她都会被翻天覆地的回忆击倒。

她选择了逃避。

唯一保留缪春秋影子的是那枚婚戒，她不舍得摘下，将它从无名指换到食指，略有些紧，努力塞进去后寸步难移，她看着自己的手，哭了。

那年秋天，耽美决定离开杭州，她已经不能再在这座城市里若无其事地生活下去了。她在换一座城市生活和长途旅行间选择了后者，在广西云南西藏里选择了西藏。曾经有一次，缪春秋说想去西藏寻找灵感，他很想画出时光在藏族老人皮肤上残酷的淡漠感。

耽美坐在机场候机厅里翻阅着前几天买的《西藏生死书》，看了几页，眼睛疲倦了，便起身去买水喝。

买了瓶纯净水再次回到7号登机口时，在那排宽大整洁的银色网

格状椅子上，看到了一个极其熟悉的身影。

耽美很难形容当时的感觉。

她对自己说不要再哭了，不要再哭了，这半年来你哭得已经够多了，你没有眼泪了。

他们一起去了西藏，本来只是旅行散心，时间慢慢地过去，却生出了不走的心思。恰好有家咖啡馆要转让，老板急着回内地，价钱出得极其便宜，连卖带送的。耽美接手过来，做好赔本的准备，却也开始赚钱。

张生渐渐有了自己的生活圈子，认识了一帮艺术青年，还在报社工作了一段时间，做了三个月还是做回了画画的本行，开了家画廊。有一度他们关系已经亲昵到不分彼此了，在其他人眼睛里他们也是公认的情侣。

纵然没有可生可死的爱情，他们一起经历了那么多事，也已有过命的交情。张生的命运被改变了，事实上他差点就去了法国留学。

得知耽美要去西藏时，张生放弃了自己的人生。

傻，你怎么这么傻，耽美从背后抱住张生，声音里有无限惆怅。

缪春秋死后，有着孤儿感觉的并不只有她一人；以缪春秋为人生航标视他为父的，也并不只有她；对缪春秋怀有强烈尊崇，对他像神一样爱慕的，更不是，只有她。

在缪春秋生前，张生对于耽美是很疏远的，见了面喊一声师母，就再无多余的话。缪春秋非常欣赏张生的才华，尽自己所能地扶持

84

他。张生每隔两三天就会来缪家一趟，他们总是在画室里聊天。

张生经常托人从苏州采摘最新鲜的碧螺春送给缪春秋，在缪春秋面前，他一直毕恭毕敬，执弟子礼，谦卑得让人感动。有一次缪春秋病了，张生服侍得比耽美还要卖力，衣不解带，搬了躺椅晚上陪夜，不知情的还以为张生是缪春秋的儿子，而耽美看起来像媳妇。

耽美也曾经为这样的场面感到困窘。

回想起来，缪春秋葬礼上诸多需要男人出面解决的事也全是张生操办的，包括去公安局注销死者户口、去保险公司理赔、去交警大队处理车祸遗留问题等等。耽美除了哭，什么也不曾过问，她隐隐约约记得那些天，到处有人在叫张生的名字。

共同的悲伤使她和张生走得很近，近到心生迷惑，也曾一度怀疑张生对自己有某种暧昧的情愫，他放弃了所有的前途，陪她来到海拔三千六的高原城市拉萨，如果不是爱，又作何解释。

他们在拉萨租了二居室的房子，真正睡到一张床上是好几个月后的事了，那晚忽然停电了，城市陷入了忧愁的昏暗中。耽美在抽屉里摸索了半天也找不到蜡烛，张生拿着打火机，啪嗒啪嗒，给两人一些微弱而短暂的光亮。

两人靠得很近，似乎是黑暗的驱使，似乎是寒冷，似乎多多少少喝过一点酒，各种因素致使那个晚上和过去所有的晚上都不同。他们曾经以为会不同，以为两人最终在一起就是整件事的最好收结局，以为一起经历了人事悲欢不过是为了能够在一起，以为两个人

85

真的能够跨越障碍，用身体清除掉一切难以言说的哀伤。

他们在一起了。

前后有半年的时间，但是怎么说呢，耽美知道他们本不应该在一起，她喜欢张生，张生也喜欢她，但谁都不爱谁，这真可怜，也够可悲，他们拼了命地努力，但不爱就是不爱。

就像两个从山的两侧各自攀登的登山客，尽其所能爬向最高峰，想要完成胜利会师激动人心的场面。但他们都被卡在半途了，谁也到不了山之巅峰。

他们很冷很累很渴很饿，最终决定撤退。

在一起的半年如同鸡肋，带着些尴尬，恩爱做得像在演对手戏。耽美觉得自己年长四岁，又曾经是张生的师母，她有责任主动结束这一错误关系。

她和一个游客睡了，她不知道那是一个什么样的人，看着顺眼就跟他去开房了，然后又把那个人拎到张生面前，她和张生的关系不告而亡。

那个男人为了她在拉萨逗留了一段时间，问她要不要跟他走，她笑着摇头，不，我哪里也不去。

而今她已经不记得那个男人的模样，他的使命已经完成了，他就像一艘渡船，把她从此岸带到彼岸去。这样她又可以与张生两两相忘，得体地站在两个世界了，也许中间隔着一江水反而更为亲近。他们做不来肌肤相亲的恋人，无法交换彼此的心，他们之间的

感情足够做最好的朋友了，也只能做最好的朋友。

张生蓄起了胡子，皮肤晒黑了，越来越有男人味，她给张生洗头发，就像对弟弟一样宠爱。做这么温柔的事情时，她差一点想把脸贴近张生的背，她叹口气，他们到拉萨已经三年了，彼此都应该有所长进，错误的事情做一次就够了。

她越来越觉得自己已经变成长姐如母，这并没有什么好遗憾的，如果不是张生随同她进藏，她无法想象自己怎么撑过这些痛楚的岁月。

真正明白和张生之间的隔阂是有一次替他整理杂物，从一本塞尚的画册里落下了张生和缪春秋的一大叠照片，有一些是合影，两人肩并肩，姿势暧昧至令人吃惊。

缪春秋的面容她是怔了两秒才认出来的，她都快要忘记这张脸了，这张一直活在她脑海里的脸事实上已经模糊成陈年的哀伤，而不再作为具体的影像。

照片上两人彼此凝望着，那种眼神看起来如此幸福。为什么他们看起来如此幸福？为什么自己的第一感觉是他们在一起很幸福？

耽美的心陡然沉下去，恐怖地发现自己快要掉进某个过去的陷阱里。她急忙把照片放回去，把画册塞进书柜。点烟时手有些发抖，她不知自己在惊慌什么，不，不，她是知道的，她知道但不愿意承认。一个声音在心里咆哮，你个神经病，你在瞎想什么呢。另

一个声音忧伤又坚定，这就是你一直不愿面对的残酷真相啊，徐耽美，这才是真相啊，从来没有人爱过你，你是多余的那一个。

往事一幕幕闪回定格放大。

她想起他们在画室里一待就是半天，亦想起缪春秋生病期间张生的忧心如焚，还有操办葬礼的全心全力，以及张生对她的种种温柔与疼爱，这些深情并不是为着她，不是为着她。

她几乎就要哭出声。

她慢慢蹲下来，把燃烧的烟蒂狠狠烫在自己手腕上，她终于如愿以偿地哭了起来。

一个醉酒的凌晨，她踉踉跄跄抓着张生的领口，在夜凉如水的藏医院路，用哭腔喊叫着："为什么对我这么好？是为了他对不对？你没有办法忘记他，所以就跟着我！我对你有安慰作用对不对？我们两个不能够忘记他的人就只能绑在一起了，一辈子都绑在一起了对不对？为什么是这样？告诉我告诉我，为什么这个世界是这样的？为什么所有人都要骗我？缪家也全都知道对不对？为什么你们不早点告诉我，是我够蠢吗我够蠢吗？我够蠢我够蠢……

张生紧紧抱住她，不让她倒下去，也不管她怎么挣扎就是不松手。张生全身的力气都用来死命地抱住她，似乎她快要溺水了，或者是他快要溺水了，两个人必须努力地抱住才能够活下去。

在这个生的世界里，他们相互汲取对方身上的温度与力量，努力活下去。

　　此后谁也没有提起关于那晚的事，也没有人再提及缪春秋的名字，他们之间有了禁忌，此后他们就达到了某种默契，有了对等的体谅。

　　世界上有很多这样的故事吗？在拉萨街头行走的那些漂泊者，每个人身上都背负着沉重的往事吗？是为了逃避过去摆脱悲伤而选择了漂泊吗？漂泊有用吗？漂泊能够重建内心的世界吗？漂泊能使自己慢慢平静下来，更清楚地体会人生是什么意思吗？

　　漂泊的尽头又是什么？

　　关于漂泊欧芹不甚了了，在拉萨待了一阵子后，她有一些倦意，早上在旅馆里睁开眼，发了会呆，心想今天就做决定吧，要么从此留下，要么再次上路。

　　她起床后，站在北京东路数五分钟的三轮车，经过的三轮车如果是奇数就继续待着，如果是偶数就明天出发。

　　她数到了十二辆。

　　老罗还没有回来，她在留言板前流连了半天也没有适合同行的人，大多数都是包车去阿里的。十五天，南线进北线出，通常都是四个人一起包车，分摊后每个人的车费四千左右。

　　欧芹和前台的服务生打听了一下，据说后天日喀则有班车去阿里，一般情况是四天一班的。她算了算时间，刚好明天能在日喀则逗留一天。

　　老罗的电话打不通，他看来迷上山南一时不会回来了。

一整天，她忙着去张罗进阿里的必要物件，在八廓街上有一家户外店，老罗曾经带她去那里玩过。老板很和气，虽然宰人不留情，偶尔也有那么点良心发现，会突然报出货物的进价，感慨一下生意难做，用无奈的口吻说，多少要让我赚一点吧。

欧芹买了厚实的衣服裤子，和一双深灰色的登山鞋，非常沉重的鞋，穿上后简直迈不开步子，还买了副墨镜来抵挡强烈的紫外线。

她又去超市买了巧克力和压缩饼干，这是为了徒步岗仁波齐准备的。虽然对于那条路线还处于一无所知的状态，但她知道自己会走。

从拉萨到日喀则的班车很多，自从修通了新路，四五个小时就能到了，欧芹在大巴上迷迷糊糊地睡了一觉。

到了日喀则后，车上的人都作鸟兽散，顷刻间只有她一个人茫茫然不知何处去。她背着大包，慢慢地在日喀则街上走，转了几个弯，看到右边山上一片金光灿灿，心知那就是后藏的扎什伦布寺了。

入住能够望见扎什伦布寺的旅馆，旅馆的大堂富丽堂皇，边上是藏式餐厅和西餐厅，还有两三家长得差不多的小型旅行社。

推开二楼的窗子，看着百米外的扎什伦布寺，欧芹有些恍惚。她原来的计划不是这样的，一直寄希望于老罗这个资深老驴，心想一切突发状况只要跟着他肯定能逢凶化吉。但现在她一个人站在日喀则旅馆的房间里，等着明天去阿里的班车。

接下来的半天时间，她是这么消磨的：在西餐厅里喝了杯橙汁，两片涂了苹果酱的面包，一份炒饭，空荡荡的西餐酒吧只有她

一个人，连服务生都没有，是厨师直接端过来的。

她斜斜地坐在柔软的沙发长椅里，心想这么宽敞的椅子至少可以容纳三个人，或者一个人直接躺下来，这么想也悄悄地这么做了。她小心地躺下来，头枕在扶手上，午后阳光温柔地铺在她身上。

然后她慢慢地想起了前世的记忆，是的，关于韩先楚已经像上辈子的故事，她无意识地垂着头，在日喀则午后寂寞的餐馆里，一个不适合用餐的时间里，缅怀过去种种。

她想她很好，不再哭了，已经很久很久不再哭了，破碎的某一部分被洒了灰，慢慢地在合拢，或者破碎的只是被暂时掩埋了起来，管它是不是暂时的表象，只要不再地动山摇，这些缓慢而安静的悲伤她都能忍受。

她走进旅行社，询问了一下关于珠峰的事——其实并无打算真要去。

和她说话的藏族女孩叫卓玛，她认识的藏族姑娘不是叫卓玛就是叫达娃。卓玛是个好姑娘，温柔而活泼，汉语说得也好。卓玛经常带人去珠峰，一年要去很多次，她听说欧芹要去岗仁波齐转山后，眼神更加亲切了，卓玛前年也去转过这座神山。

她们聊了很久，欧芹把手机号码写给她，和这个眼睛明亮的姑娘道了别。

一小时后，当她坐在扎什伦布寺的石阶上吹风发呆，又看到了卓玛，她正带着一群游客参观佛殿。卓玛很高兴地拉着欧芹一起

走，欧芹不好意思占用太多卓玛的时间，很低调地跟在这群游客的后面。

卓玛时不时回头找她。讲解完晒佛台后，游客们自行参观去了，卓玛跑过来问欧芹，等下要不要一起吃晚饭。

欧芹连忙说，不用了。

卓玛很遗憾地说，你明天就要去阿里了。

欧芹说，是啊，明天中午的车。

旅游淡季的时候我会回拉孜，卓玛说，我把地址写给你，以后有机会的话你来我家住。

欧芹忍不住抱了抱卓玛，一个陌生的异族少女这样单纯地喜欢她，在微风柔软的拉什伦布寺，她为着萍水相逢无缘无故的情谊而心生感动。

卓玛摸了摸她的胳膊，流露出担心的神情，你一个人去阿里真的不要紧吗？

欧芹笑着摇了摇头，本来她也有所疑虑，但认识了卓玛后觉得阿里这个神秘而荒凉的地方，必定也有像她这样善良的藏族人，那又有什么好怕的。

她身上多了一种叫作勇气的东西。月光如水似纱，她睡得很好，香香的，这里和拉萨八人间的床铺完全不一样，柔软舒适，以至于早晨起来时斗争了很久，才恋恋不舍地下了床。艰难的班车生涯开始了。

天地有大美而不言

阿里的班车出奇狭小，是一个四川女人承包的，她满意地看着这辆小面包车里满满的，车上只有十来个座位，最后一排用来放置行李。

欧芹上了车，看到车上还有另外两个驴友，一男一女，他们皮肤白净，穿的也是户外服装，女人还戴了顶帽子抵挡强烈的阳光。

车子上除了藏族人，就是在阿里谋生的汉族人了，他们也像车主和司机那样说着一口四川话。欧芹坐在沿窗的位置，打开《中国地图册》，看着从日喀则到阿里塔钦的路线，为了这段路，她花了五百五十块班车费。

车子终于拖拖拉拉地出发了，约莫数小时后，在某个村庄又捎上了一伙藏族人。他们有几麻袋货物，一一扔到车顶去。然后开始腾空最后一排的位子。这伙人是一个老头和三个小姑娘，大概是去

阿里走亲戚，其中有个小姑娘还是尼姑的打扮，穿着单薄的朱红色僧袍，脸上有羞涩的笑容。

十年修得同船渡。

车子在拉孜小作停留，傍晚时分到了桑桑，结果到了桑桑就成了一场僵局。司机忽然熄了火，跑到前面去探望了一阵，通知大家说塌方了，走不了。

女老板和两个司机在车头打起牌来，甚至有些怡然自得的意思。大多数乘客似乎也安然接受今晚走不了的事实，全无抱怨，只有欧芹和两个驴友坐立不安，兼有些好奇，步行至前方观察塌方的程度。

聊了几句，才知道这对男女也不是一伙的，他们是在日喀则车站打听班车时搭讪上的。女的摘下墨镜后，才能看出已经不复年轻了，她说叫她阿玉就行了。而男的姓陈名列，刚刚大学毕业，准备在找工作前先完成进藏的梦想，一时激动直接杀进阿里了。

前面也停了三辆车，看来今晚确实只能在桑桑的荒郊野外过了，远处隐隐有牧民的房子，还传来了狗叫声，气温越来越低。

车上有一大堆破旧肮脏的军大衣，颜色已经变成了混浊的灰绿色，欧芹不确定自己能够裹着这样的衣服入睡，她取出睡袋披在身上，心想这真是一个可怕的夜晚，生平第一次要坐着睡觉。才睡了一会儿就浑身酸痛起来，然后境况越来越糟，全身的肌肉都僵硬了。因为无法伸展四肢，怎么睡都不舒服，怎么睡都不安稳。疲倦

的睡意又席卷而来，所有不适的感觉都泛出了水面，饥寒交迫，再加上一点要命的缺氧，车子里温度极低，有人在嘀咕着军大衣太少了。欧芹在昏暗中将睡袋裹得更紧些，她无法想象个别没有睡袋没有军大衣就这么缩成一团的人是怎么熬过来的。

大概凌晨两点的时候，车上有人缺氧了，然后一阵闹哄哄，那人眼珠都翻白了，抽搐着，似乎随时都要死掉的样子。陈列找出药片给他服下，车主又给他喝了一大杯水，把他安排到较为舒适些的前排去。

喧哗了一阵，车上重归寂静，又过了一会儿，深浅不一的鼾声此起彼伏。

欧芹艰难地将身体倒向一边，不知不觉就倒在身边一个女人的身上，那女人温柔又善良，叫欧芹尽管靠着她睡好了。欧芹起先还有些羞羞答答，后来实在受不了坐着睡觉的苦楚，心一横，真的就把头枕在那女人腿上睡了。女人轻轻地把手搭在她肩上，这种萍水相逢的好意让欧芹想哭。

女人在萨嘎一家宾馆做服务生，在欧芹有残余意识时，听到她简单地说着高原反应的可怕之处。她说每年都有几个在宾馆里猝死的人，早上推开门，就看到房客直挺挺地躺着一动不动，有一些是直接在睡梦里咽气的。

那一晚如此漫长，醒转几次，天都是黑的，窗外的冷空中挂着几点淡淡的星辰。

天亮后道班前来清理了塌方的地方，车子重新上路。在萨嘎，

那个温柔的女人下车了。吃过了早饭后继续出发，途经检查站时全体下车登记证件，并且打开行李——检查，走着这些程序的时候，欧芹有些魂不守舍。

车上略微空了些，后排的小姑娘感冒了，不停地咳嗽吐痰。欧芹翻出喉宝给她，她默默地吃下去，接着再咳。

傍晚时分到了帕羊。

原以为帕羊至少和桑桑、萨嘎那些小城差不多规模，事实上夜幕里的帕羊更像是一个村庄，房子低矮破旧，有些已经被遗弃了，到处都是断壁残垣。两三家冷冷清清的饭馆懒洋洋地亮着昏黄的灯光。夜风凛冽，大家急忙躲至一处吃饭。阿里饭馆的菜单上价钱都很贵，想要在其间找出性价比稍高些的菜式，总要费一番心思，且往往不能如愿以偿。

最后还是陈列敲板要了番茄炒蛋和白菜汤，他们三个AA制。

凌晨的时候，到了霍尔，车子又停下了，本来希望一口气开到岗仁波齐山脚下的塔钦村，然后立刻就能找旅馆，结果第二天晚上还是得在车子上枯坐。欧芹看了看时间，凌晨一点，正是最难受的时候，睡也不是，不睡也不是，身体已经山穷水尽疲倦到了极点，心理上却因为目的地未到而不敢懈怠，苦苦死撑。

最后一排的藏族老头在霍尔有亲戚，就带着小姑娘们投奔去了，白天一直开车的那个司机睡到最后一排去，打起了惊天动地的呼噜声。

一切真是太糟糕了。

陈列也顾不得周围有多脏，裹着军大衣直接睡在两排座位中间的过道处，还自我开解说，至少伸展四肢了。

阿玉和邻座的男人因为空间问题起了争执，夜色中大家也懒得管，他们吵了几句也觉得嚷嚷太耗力气，很快就闭上嘴，培养起自己的睡意来。

在夜的高原上，在荒凉而没有尽头的阿里，世界屋脊的屋脊，这辆车子就像是汪洋中的一条船，搁浅在某一处。欧芹呼吸困难神经紧绷，情绪已经到了临界点，还得默默撑下去。

把车窗拉开一小条缝隙，汲取夜空里冰凉的空气，又被刺骨的寒冷惊扰了，只好再度拉好窗，深深地埋进单薄的睡袋里，觉得自己像个披头散发蓬头垢面的女鬼。在阿里的长途班车上要找到女鬼的感觉太容易了，吃不好睡不好，几天几夜不刷牙不洗脸不换衣服，上厕所都和动物一个待遇，不消多久就失了平常生活的许多标准，整个人就生活在垃圾场，一切都可以凑合着过。苟活至此，不是女鬼是什么？

看书听音乐？哦，不，在枯燥的班车上，你的眼睛只装得下阿里的荒凉与冷淡，觉得真是他妈的天地有大美而不言，觉得这种天地不仁以万物为刍狗的冷酷劲真是迷死人了，觉得天大地大无处有家的漂泊感真是准确击中你内心深埋的那根弦了，觉得天高地远个体生命的渺小不值一提，随便死在哪里都没有人介意，无所谓，正合你多年心愿。你觉得阿里是宇宙混沌未分时世界最初的样子，只有少数的人才有幸领会的崇高感就像你心中一片纤尘不染的星空，觉得阿里是唯一可以与神灵直接对话被它融化之所在。阿里是一切

难以言说之苦难最好的葬身之处，你被这种念天地之悠悠独怆然而
涕下的磅礴悲伤深深淹没时，是不会想要翻开书听音乐装小资的，
你只是怔怔发呆什么也不想，你褪去了世俗生活给予的重重伪装，
恢复到一个四肢健全中等智力的真正的原始人。

而这个原始人和天空里掠过的飞鸟，荒原上奔跑的黄羊，到处流
窜寻找食物的田鼠没啥区别，你们都一样，本来一样，最终一样。

次日中午他们到了塔钦村，在一个藏族老头的旅馆里住下，又
在一个东北女人的饭馆里狼吞虎咽了一番，下午阿玉和陈列都神情
委靡地睡觉去了。

欧芹不想睡，她独自一人在陌生的村庄里散步。

在很久很久以后，每当想起塔钦，她就觉得那里是她的心之故
乡，普兰也好，札达也罢，或者相对富饶的狮泉河，总是及不上塔
钦的温柔和静谧，宿在岗仁波齐山脚下，枕在雪域清泉的叮咚声
里，夜凉如水。

她在塔钦的邮局寄走了两张明信片，一张给卓玛，一张给傅善
祥，很简单地写了句：我在天涯，想起你来。

傅善祥也时时想起欧芹。她经常对霍颂南说许多关于欧芹的
事，说欧芹去了远方旅行，现在在阿里漂泊。她说欧芹是她最好
的女朋友，欧芹所去的地方就是她想去的，欧芹所做的事，也是
她想做的。

七月，霍颂南的书稿完成了，他把装有文件的U盘交给傅善祥，摸摸她的头发说，这是一个纪念。

傅善祥对纪念的领会是，他的作品写在他们恋爱时期。

她兴冲冲赶回家，焚香沐浴，正襟危坐，将U盘插在电脑上打开，很快就脸色大变，她简直无法相信自己的眼睛，她从来没有看过这样的小说，他写的竟然全是真的，全是！

他从他们的相遇相识写起，一直慢慢写到他们之间交往的种种细节，太可怕了，他根本不是在写小说，而是对于她真实生活的侵犯，对于她这个人的轻蔑与利用，他竟然胆敢写好后交到她手上。这是什么意思？什么意思？她捂住嘴，努力压制住内心奔腾的愤怒与尖叫。

她想尖叫。

抓起电话打给他，但他关了机，宅电也没人接。她完全可以猜想到他因为完成了书稿而全身轻松，出去HAPPY了，也许会去和美女调情。倘若他要再加一个后记的话，就把她的震怒也写进去吧！

她双手紧握，血脉贲张。

知道一时无法抓到这个品行卑鄙的男人，她努力让自己平静下来，泡了杯咖啡，告诉自己要平静，只能平静，必须平静，然后将其余的部分看完。

她手脚冰凉浑身发抖，许久，她才意识到自己在流泪。

她没想到恋爱半年全成了他的素材，而他显然每天晚上写作时都用一种置身事外的超然态度审视这份感情。不，也许他根本没有

爱上她，从始至终陷在局中的只有她一人，他从一开始就打定主意要写这样的一本书，因此根本不会全心全意投入，他只是袖手旁观，并给予某种程度的配合罢了。

现今想来这是何其恐怖的半年，他们每次约会吃什么说什么，全部被他写下来了。她觉得自己就像实验室里的小白鼠，而他津津乐道于每一个细微变化，他把所有的都记录下来了。那么私密的属于两个人共同的回忆，都被他标上了价钱，放在砧板上一一剖析，这样的男人怎么可能心里会爱她。

她狠狠地往下看。

然后看到了更可怕的地方，有一次她送了个打火机给他，是的她撒谎了，说打火机三百多块，而在小说里霍颂南竟然写他知道价钱只有一百多。

她看得目瞪口呆。

这样的片段真是猥亵极了肮脏极了，所有的都是错误，她撒谎是错，他胆敢写在小说里是错，他当然能够预料到她看小说时会勃然大怒，仍然放肆地写了。为什么为什么？他从未把这当成是一段恋情，明摆着告诉她只是相互利用？还是说他在写的时候就做好了分手的决定，更准确地说，是抛弃她的打算？

她撒过许多谎，平日生活里看来无伤大雅，但他把它们全部罗列到小说里，她就被迫成为自己所讨厌的那种满含心机的女人，同时她也不能不讨厌品行如此恶劣的他，这得多么无耻的男人才能够

做出这样的事！

天昏地暗，觉得过去半年一直被人从暗地里冷眼打量着，而她就像傻子一样一直在表演，更可怕的是她误以为自己出演的是浪漫喜剧。

最恐怖的是他还进行了许多性描写，他妈的这全是真的，包括她的内衣颜色身上的胎记还有做爱的场景相互的情话以及喜欢的模式，所有的全是真的，她看得心惊肉跳，觉得自己遇见了一只鬼。

他妈的小说难道不是虚构的艺术吗？为什么这个牲口写的全是纪实？

她忍耐着忍耐着，还是一阵阵反胃，涌起想吐的感觉，她觉得恶心，眼睛里冒出飕飕的寒意。她抓起外衣，打车去霍颂南家。

她是有他家钥匙的，但进了铁门后没有直接进屋，而是坐在院子的台阶上，掏出口袋里的烟抽了起来。

月色很美，风中有花的清香。

一直等到深夜才听到车子驰来的声响，还好霍颂南没有带女人回来，她冷笑着站起身来，像一个缥缈的影子。

事情和她预想中的有些不一样，她本以为霍颂南至少会表示歉意不安或者忏悔什么的，但完全没有，而且他竟然以为傅善祥会喜欢这部小说。

他温柔而有些得意地问她最喜欢哪里。

她听见自己的牙齿在咯咯作响。

他将外衣挂起来，换上拖鞋，从冰箱里取出两瓶可乐，然后坐

在沙发上准备和傅善祥推心置腹一番。当然，首先他交代了自己晚归的原因，是和老朋友喝酒去了，完成了一部长篇小说对他来说意义重大，自然要开杯庆祝。

他还惊异地问，你怎么一个人傻站在院子里呢。见她不答也不继续追问，开始对长篇小说进行了自我肯定："总体上写得不赖吧。我的风格有些变，我相信是变得更成熟圆润了，你看出语言风格像谁了吗？毛姆！写的时候我就一直在想毛姆，我喜欢他那种冷嘲热讽的劲头。你怎么看，你觉得还需要修改吗？不过我写小说向来是交稿后就不改的了，你们老沈肯定也有所耳闻，你要是觉得没什么问题就尽早交掉吧，然后，嗯，然后我们去旅行吧。"

旅行？傅善祥抬起头看着霍颂南。

"我要休息一段时间，写得太累了，你以前不是说想去凤凰吗，我们去那里住一阵。"

傅善祥有些恍惚，很快她就意识到话题不应该是这样的，这不是她来的目的。她一字一顿地宣告了她的结论，这部小说不能出版。

什么意思？他惊奇地问。

这根本不是小说，这什么都不是，什么都不是！她要说的太多了，以至于什么也说不出来了，她抓起可乐猛灌了几大口。

我不明白你什么意思，霍颂南意识到气氛不妥，他皱起眉头来。

你真的不觉得这部该死的小说有什么问题吗？你想过我的感受没有？霍颂南，你出卖了我，背叛了我们的爱情，不，不，我现在甚至不敢相信我们之间有爱情这个鬼东西！你连这个都可以拿出来卖

你还有什么做人的底线呢？你以前的小说是怎么写的？也他妈的全是真的吗？她一口气说了许多的问句。

霍颂南只抓住了最后一个，他迟疑地答道，不是，小说当然是假的，必须承认是假的，我以前的小说都是虚构的，可是善祥你知道吗……

我不知道！她怒气冲冲地打断了他那句"你知道吗"的口头禅。

他有些尴尬，隔了会儿他用一种沉痛而飘忽的表情幽幽地继续，我已经三年不写了，写不出来。

去年那本？

他苦笑了一下，找了个枪手。

两人沉默了一会儿。

傅善祥双手握在一起，她不知道自己在想什么，也不知道要说什么。霍颂南掐灭了烟蒂，坐到她边上，轻轻地抱住她说，三年了，我都不知道自己是怎么过来的，我以为我再也写不出来了，直到遇见了你，善祥，你让我重新拿起笔，知道自己还有写作的能力，所以这是一个纪念，这部小说是送给你的，出版的时候我会在扉页上写上"献给亲爱的F"。

亲爱的F，傅善祥重复念了一遍，觉得这个称号非常陌生。

她从来没有这样厌恶过霍颂南的怀抱，他过去的光环全都不在了，从前他高高在上，是一个才华横溢的作家，他有描绘世界的能力，他自闭，远离人类，说明他清高，不爱跟这个肮脏的世界同流合污。

她充满敬意地看着这个人的脑袋，总在心里默默地想，这里面装着多少有趣而深刻的东西啊，他什么都知道，上知天文下知地

理，说话也有趣之极，和他在一起生活简直是种荣幸，而她竟然被上帝选中，可以在这个人身边。

小说交到她手上，一切都砸碎了，这个已经有秃头迹象的中年人厌世只是因为世界没有围绕他而转，他假装自己是个隐居的天才，结果却证明这该死的中年胖子只是一坨屎，他三年里什么也没做，除了找了个枪手出版了一本别人写的垃圾外。是什么让老沈觉得这个垃圾还能写出一坨不是屎的东西？

这垃圾什么也写不出来了，或许年轻时他真的有那么一点点才气可言——更多的是运气。事实证明任何一个有高中文化程度的人凭着意志力码个十来万字，然后有出奇的好运气，也是能够成名的。霍颂南就是这样的人，他从前运气太好了，到了三十五岁的时候鸿运到头，大限已至，一个字也写不出了，就在马上要承认被上帝抛弃的时候，自己就那么巧地撞上来了。

事情就是这样，这个垃圾就像很多劣等画家，找到了绝色的模特总也能画出几分神韵。原材料俱全的情况下，白痴也能炒出一两个像样的菜。用客观的眼光来看，那部该死的小说写得还不赖，字正腔圆情节自然，再不自然就奇怪了，他妈的全是真的，他根本不是一个作家，他只是一个诚实得可怕的跟踪者和记录者。

她现在完全可以想象这个垃圾是怎么完成这部小说的，每天晚上坐在隔壁的书房里，然后想一想正在卧室里睡觉的她，接着就把他们的一整天一字不差地记录下来，半点虚构的成分都没有。他对于真实生活的照搬照抄已经到了一个极其恐怖的程度，在过去的半年里他像狗一样的生活着，从她的付出里汲取着内容，而他自己的

所有行为和语言也全是有伏笔的。

当他决意将他们之间的事情写成小说时，他就是一个戏子，他不爱她，没错，像他现在所坦白的，他感激她，感激她适时出现，提供了灵感。

她是那个亲爱的F。

她用力推开了这个垃圾的双臂，站起身来重复了一遍，这部小说不能出版。

他笑了，觉得她在说一件很幼稚的事，隔了会儿，他点拨她，别傻了，你是责任编辑，这是你的工作，如果你不出，我换其他出版社老沈会气死的。

明知说这些无益，她还是看着他的眼睛问，你爱我吗？

我当然爱你了，他站起身，试图用亲吻证明。

回答如此之快，如此没有挣扎，只能证明答案的虚假。她侧身闪开，出门的时候她回头看了这个有秃头迹象的中年胖子最后一眼。他已经没有才华了，他现在跟世上所有的中年人没有任何区别，如果有，那就是这个中年胖子写了一本关于她的传记。没错，她一事无成，只是个坐写字楼的平凡姑娘，像这样的女人街上一抓一把，可是有个中年胖子写了本她的传记，把她的爱情事无巨细向全社会汇报了一遍，还津津乐道地告诉全世界她有这个缺点那个缺点，然后还承蒙小说男主人公不弃继续和她在一起。可耻的是小说的结尾是写她如何巧施手腕用尽心思，终于把风流倜傥的男主人公骗进了婚姻里，就那个有秃头迹象的中年死胖子，值得她这样？

大怒。

她不顾他的挽留和送她回去的好意，一个人苦苦地在鸟不拉屎的郊外步行了大约一小时，才等到了辆不知从哪钻出来的出租车。

当一个人愤怒到极点的时候，就会极端大胆无所畏惧，出租车司机停车时倒是犹犹豫豫的，带着几分怯意地打量着这个孤身走夜路的状如鬼魅的女人。

他们后来还见过几次，她去过他家，他也来过她家，他们一起吃饭散步看电影，要么沉默要么争吵。

虽然她口口声声地嚷道，因为这部小说，她再也看不起这个男人，她恶狠狠地诅咒他快点秃头，是个标准的中年死胖子，说他才华已尽道德败坏，再也写不出一个字，是个又可怜又无耻的垃圾，但是当她平静下来后，不得不承认这些不堪的指控都不是真的。

霍颂南仍然是初次见面时那个英俊沉稳的男人，他的眼神甚至比以前更忧郁也更诚恳了，似乎因为他坦言相告曾经找人捉刀写作的劣迹，就和傅善祥休戚与共肝胆相照了。他数次和她仔细分析过了，此事也就她一个人清楚罢了，读者只是看小说，这和世上其他爱情小说并无区别，她又有什么可悲愤的呢。她作为女友应该高兴才对，是她重新唤起了他的写作能力，管他是不是写实呢，作为他的责任编辑来说，她要做的事情就是马上付诸出版，而不是还和他说什么不要出版这种可笑的话。

懂事一点，嗯？他挑了下眉。

我觉得和你没有什么可说的了，我们生活在两个世界，如果你

执意要出版，我们就完了，傅善祥正视着霍颂南。

你为什么要把事情搞成这样？

我搞成这样？霍颂南，你但凡有一点良心就不会说这么可耻的话！

这事跟良心有什么关系？我写了我们的爱情那又怎么了？你不知道世界上很多艺术家的作品都有原型的吗？歌德的《少年维特之烦恼》，毛姆的《寻欢作乐》……

原型我不介意，但你这个已经不是原型那么简单了，我很愿意做你的灵感女神，把你从江郎才尽里解救出来，可你他妈的写的是原型吗？你写的根本就是我本人，一字不改，无耻之极！傅善祥就差没有指着他的鼻子了。

霍颂南困惑地叹了口气，善祥，我发现你变了，你以前不是这样的。

是的，她变了，她正在缓慢地变回过去的自己，她又想起了那个暴戾绝望的自己，那个心狠如铁谁也不信的自己。已经许多年了，她试图忘记当初的自己，但依稀的模糊的隐约的，那个她，似乎又一点点回来了。

她恐惧地看着一度消失的自我慢慢浮出水面，她不想这样，她费了很大的力气才重建了自己的生活，她不想再回到过去了。

她希望能够获得幸福，虽然获得幸福是如此艰难之事，如此艰难。对于懵懂平和的人来说，幸福遍地皆是。而像傅善祥这样的人想要获得幸福，便如火中取栗刀尖上行走，每一步都需要付出巨大

的勇气。

她苦涩地回望自己的过去，很快又捂住头，拒绝再想。

她和霍颂南因为这部小说的关系，遇到了交往半年以来最严重的障碍，她不知道应该如何去解决这桩事，逼他修改还是按下不提，他肯吗？他如果真的重视他们之间的关系会郑重考虑吧，但如果他真的郑重，根本就不应该写！

一切都糟糕透了。

他们假装没有这么回事，彼此都小心地把那部已经完稿的小说放进了某个不见光的地方，假装它不存在，假装它没有照亮过去半年的种种存在，照亮恋爱男女卑微的自私的小心的试探，假装忘记它，不谈它，两人就还能若无其事地继续吃饭散步聊天睡觉。

他们仍然睡过几次，她总能透过他的肩膀看到天花板上挂着的他的眼睛，阴险嘲讽，洞察一切，他杀人于无形的聪明尖锐正是她所深深迷恋的，但这种本领一旦用到她身上就让她发疯了。

她看到了他的眼睛在天花板上一晃一晃，一眨一眨。

她假装自己不难受。

因为一想到他们要分手，改变半年的习惯，这更让她悲伤。虽然这份感情已经像一块被踩脏的披肩，怎么也洗不掉上面的脚印了，或者像一只做砸的蛋糕，软软的不成形状。她模糊地觉得这并不是事件的结局，总还有些什么。这部小说一日不盖棺定论，她就一日不放心，但她不愿意再去主动揭开问题质问他了。

老沈那里竟也许久不追问，真奇怪！编辑部里的同事也像约好

了似的，对她有那么一些难以察觉的客气的冷淡，她还是察觉到了。康妮原先也与她不怎么接近，偶尔从书堆里抬起那双雪亮的眼睛直直地刺过来一眼，然后又迅速地移开。她和陈子梦说话，后者闪烁其词，一副和她没什么好说的腔调。傅善祥觉得周围好像有一道无形的玻璃把她隔在了外面，但又不太确认，因为程秀丽对她仍然是老样子甚至更亲热了，她们仍然一起吃饭逛街，有时还会和杨密一起去K歌。

杨密唱起歌来是麦霸型的，正好傅善祥属于优秀听众，她不怎么喜欢唱歌，对于自己没天分的事情从不热衷，但她喜欢有天分的人，比如欧芹。

读书时欧芹就是唱歌跳舞样样拿手的那种女生，文艺晚会上总能艳压群芳，欧芹还会弹吉他，这个聪明姑娘竟然还是自学的。她轻描淡写地说，这有什么可难的，会识简谱就搞定了。

欧芹跳得最好的是恰恰。

她永远记得最后一次看欧芹跳恰恰时的情景，她站在顶楼天台围栏上，手里拎着酒瓶，非常恐怖地在上面跳恰恰，从这边跳到那边，然后霍地转身又跳回来。

她疯了。

傅善祥想冲上去把她拉下来，可怎么也迈不开步子，就像被魔鬼拴住了双腿，她站在雨中喊欧芹的名字，雨水打湿了她的眼睛，她举起手挥了一下眼前的雨雾。

欧芹晃了晃身体，朝她微笑着大声说，我再给你唱首歌，再给你唱首歌！

欧芹最后唱的是什么歌呢，傅善祥再也不愿意听那首歌。

杨密竟然点了那首歌，她默不作声，在点唱机屏幕上删掉了，杨密和程秀丽唱得起劲，也没有发现。程秀丽将擅长的歌都表演完后，就和傅善祥坐在沙发上一起做听众了。

程秀丽笑着说，KTV包厢是最能检验自己有多落伍的地方，一批批的新人新歌出来，完全不会唱，点的全是上世纪流行的，不得不承认自己是上了年纪的人了。

傅善祥笑，你要是落伍，那我岂不是出土文物？

程秀丽指指正对着屏幕自我陶醉的杨密说，只有那位仁兄永远活在时代前沿。

杨密要了瓶洋酒，程秀丽用雪碧兑了一下递给傅善祥，喝起来还颇为爽口，傅善祥不喜欢昏沉的感觉，但也不是绝对，总有那么些时候会寻思着，倘若微醉也好。

和程秀丽玩骰子输了几把后，傅善祥硬生生喝下好些酒，站起来飘向洗手间时发现自己双脚踩在云雾里，走廊里的服务生好奇地看着微微摇晃的她。

她双颊绯红，强自镇定，在洗手间将冷水扑脸，再度回到包厢里时，看到程秀丽的手搭在杨密肩上。

程秀丽知道她回来了，但也没有立即将手放下，过了半晌才装作不在意地去拿酒杯。朦胧之间，傅善祥暗自想，她掩饰得够聪明的，但要是这样还不能发觉他们关系暧昧，自己就实在蠢了。

想知道自己有没有独处的能力

距离霍颂南小说完稿已经两个月了。

霍颂南提议去旅行，不管怎么样，旅行还是没必要受影响的，霍颂南问她想去哪里，新马泰？

不要了，出国还要办手续多麻烦，还是在国内随便选个地方吧，她不是太起劲，但也不想做那个扫兴的人。

你选啊，霍颂南温柔地说，听你的。

真听我的？就哪也别去了。

霍颂南自顾自地拿主意，云南吧，云南气候好，风景也好。

不要不要，不要跟那帮无聊小资一样削尖了脑袋就往丽江大理跑好不好？傅善祥语气粗暴，在没有看到那部小说前，她一直表现得柔情似水贤良淑德，之后她身上潜伏的种种恶劣品质都被激发了，动不动就会对霍颂南失去耐心冷嘲热讽。

霍颂南通常选择充耳不闻，他冷静自如的表情如此高深莫测，让她心里一片雪亮，他都给她一笔笔记着。

他仍然微笑着开玩笑，你不也是无聊小资中的一员吗？然后他不知想起了什么，又说，低等小资去云南，中等小资上西藏，高等小资就是去荒山僻野支教了。

她惊讶地说，你怎么这么刻薄？

你不觉得是这样吗？他继续保持着冷漠笑容，支教当然是件了不起的很有意义的事，但有多少人的出发点仅仅是自己的生活毁掉了，寄希望于用这种看似高尚的行为来重建自我？说起来是为了贫苦孩子做牺牲，其中不乏沽名钓誉之辈，或者是想要逃避现实生活躲起来做鸵鸟的。

够了，傅善祥忍不住大喝一声，打断他，你可以不相信这世界还有美好可言，但不代表所有人都要和你一样冷血！

谈话非常不开心，接下来他们去吃饭，场面也很糟糕。霍颂南强忍着火气不出声，他觉得面前的女人真的变了，以前他们也交流过类似的话题，当时她的反应几乎是认同他的。

她说，所谓支教通常都是一年半载体验高尚的清贫，以此满足道德优越感的需要。有谁会永远留在山区呢？谁也不会，她说，她质疑慈善的价值，当然，慈善是好的，这个世界也因为有了慈善而多了些美好，可是慈善并非完全不可指责——虚伪也会披上慈善的外衣，如此这般，认识伪善就要花更多的时间。她更在意的是真相，赤裸裸的真相，说这些恶狠狠的话时她是个多么可爱机灵不同凡响的姑娘啊，执这种见解时她才是他欣赏的那一类女人，不随随便便就被表象所感动，也不会为廉价的同情掉眼泪，更不会粗暴地否决他的世界观。现在她显然已经站在他的对面了，她是故意的。

十月他们飞往兰州，留宿了一晚后，次日转车去甘南夏河镇。

傅善祥低头喝着瓶子里的矿泉水，阳光透过车窗晒在她脸上，她略微转了转身体，靠向霍颂南。来甘南是她的主意，他只是附和罢了。她请了长假，老沈痛快地批准了，她略有所失，觉得自己果然在以强悍著称的第三编辑室沦落成了可有可无的摆设。

霍颂南订到了五折机票，并且整理起行李来也井井有条，一切都很顺利，她只需像一条尾巴似的跟着就好。

午后到了夏河，入住一家颇有知名度的旅馆，放好行李后，就在附近的西餐厅吃饭。邻桌是个中年喇嘛，一边打电话一边用餐，汉语说得很地道，她悄悄地听了好一阵。

她的咖喱土豆鸡肉不太好吃，至少没有霍颂南要的牛肉看起来那么好。

她有气无力地咬着，然后就把盘子推到一边去，要了杯热茶捂在手里。

我们也去绕一下拉卜愣寺外面的转经道吧，她提议。

可以，他答。

她很不喜欢用可以来作答，好就是好，行就是行，可以算什么，那么勉为其难的。

这是一趟失败的旅行，但他们为了不让失败成为基调与主旋律，本着一种明天会好起来的天真想法，一日日在甘南苟延残喘着，或者仅仅是想跟运气斗一斗，事实证明当霍颂南丢了手机后，他们就应该拍马走人的。

首先，他们在夏河散步时，霍颂南一不小心把手机给丢了，他回忆说当时在晒佛台前的草地上闲坐，打了个电话后信手放在一边，走时却忘了拿。两人跑回事发地点到处摸索，一无所获，拨打过去竟是欠费停机，倒不是捡到手机的人打掉的，而是霍颂南的手机刚刚打了一个超级唠叨的长途电话。

手机既然已经丢了，总不能再往里面充值吧。霍颂南不在意手机，只为手机里上百个电话号码而烦恼，他一想到有些人会就此失去联系就脸色发青。他借了傅善祥的手机，嘱咐了个朋友帮他去办手机卡的挂失手续。

傍晚更大的不幸发生了，一向生龙活虎的霍颂南突然浑身无力，他以为是水土不服休息一下就好，结果躺上了床更不对劲。

傅善祥一摸他额头，立刻知道他发烧了，连忙跑出去买药。

服过退烧药后，霍颂南继续躺在床上奄奄一息，连看电视的力气都没有，闭着眼睛，偶尔要一杯热水。

傅善祥坐在另一张床上发愣，面前这个男人忽然变虚弱了，这让她始料未及。房间里的光线很暗，但还没有到开灯的时候，而且霍颂南更需要黯淡的光线。

她不知道做什么好，如果一个人走出去散步，找家网吧或者其

他随便什么的，都有抛弃病人的嫌疑，陪着他这么傻傻地坐着又觉得不安，她不想旁观他软弱的一面痛苦的一面，甚至她有一些隐约的心虚，是她提出要来甘南的，他的身体显然不适应这里。

她不知道做什么好，看书不行打手机游戏不行听音乐不行聊天不行看电视不行，她只剩下发呆了。可是一直坐在这里发呆又很惊怵，好像黑暗中的女鬼一样。

于是她也躺下来，躺下来发呆看起来会好一些，至少像是在休息的样子，结果半小时后她真的睡着了，直到霍颂南用断断续续的声音执着地把她叫醒。

她爬起来给他倒了第四杯水，然后又倒下去继续睡。她有个神奇的地方，就是只要被打断的时间不长，还能接上刚才的梦，说明整个场面还没有散，靠着睡意的聚拢，自己再慢慢钻进去。

她很喜欢做梦，虽然做梦说明神经衰弱，而且醒来后很累，脑袋里塞满了奇奇怪怪不合逻辑之物，但她还是喜欢做梦，甚至希望白天经历的那一些也是梦，然后突然睁开眼吁一口气说，那些是假的。

在甘南旅馆的床上她梦见了欧芹，她坐在树荫下，脸上有诡异的笑容，她说，我们那里挺好的。

周围聚了好些人，天真的女孩追问她怎么个好法。

欧芹说，唔，我们那里啊有许多的花，满园子都是鲜花，你喜欢什么就种什么，都可以，都会活。晚上有很漂亮的星空，我每天晚上都要看一遍北斗七星才睡呢。

这有什么稀奇的，我们这里也有，她们说。

有一个最大的好处，我都不怎么愿意告诉你们！欧芹轻轻地笑出声，站起身来飘飘然走了，谁叫都不理，欧芹走远了，忽然回头喊傅善祥的名字。

傅善祥走过去。

欧芹拉着她的手，我刚才不告诉她们，我只告诉你。

什么？

我们那里最好的是，如果你爱一个人，你就永远不会受伤害，你明白吗？永远不会，我们那里是有永远的，欧芹微笑着。

是怎么样的？傅善祥惊奇地问。

我们可以时光逆流，删改回忆，一对恋人进行得不顺利了不开心了，就可以一起修改回忆，如果希望重新开始也可以，只要你们是爱对方的，就可以重新开始，从相遇的那一天重新来过。你们也可以选择不相遇不相识不相爱，那就删掉回忆，同样也不再会有伤害了。所有的问题都可以交给神，神会帮你解决，神无所不能，会答应你所有要求。

啊？神？你们那里有神？

是的，我们有神，是真正的神，他爱我们每一个人，保护我们的心不受伤害，不让我们每个人掉眼泪。

他是怎么做到的？他长什么样子？

等你到了我们那里，你就全知道了，欧芹拍拍她的手，现在我要走了，我会等你。

我怎么找到你呢？傅善祥急急地问。

欧芹不见了。

拂晓时分，傅善祥醒过来，心里还在念着欧芹的名字，她慢慢睁开眼，起身拧亮灯，旁边的霍颂南仍然在沉睡，他看起来好多了，呼吸均匀面色平和，脸色也不像昨天那样苍白，唇边有一抹淡淡的温柔。

和这个人以后会怎样？会有伤害吗？还有可能重新开始吗？傅善祥把睡乱的头发用十指慢慢梳理着，她决定起床去看日出。

披上外衣，蹑手蹑脚地出门，感到瑟瑟寒意，运气真差，竟是个阴雨天。站在旅馆门口怔了怔，想来日出是没有的了，周围的店铺也都紧闭着，路上寂寥无人，无处可去。

她取出外衣口袋里的烟，倚墙抽了起来。

细雨纷飞的清晨，在甘南的小镇上，她想起梦里欧芹对她说的话，我们那里挺好的，如果你爱一个人，你就永远不会受伤害。

可是欧芹，这怎么可能怎么可能？所谓爱，就是给予对方杀死你的权力，如果你爱他，你就免不了被他伤害，怎么可能永远避免悲伤痛楚绝望这些呢？

傅善祥的心揪疼了一下，她无意识地把头侧转了一下，好像想起来什么不愿意面对的往事，好像将头扭开就能够避免直视了。

在旅馆二楼的客厅里认识了两伙正在找人拼车的驴友，他们都想拉拢霍颂南和傅善祥，多拉两个人意味着分摊的车资可以少些。

霍颂南虽然烧退了，身体仍然还沉浸在病恹恹的感觉里，忧忧郁郁地半躺着，也懒懒散散地不爱说话，傅善祥回头问他什么，他

也只是有气无力地说，你拿主意好了。

傅善祥就负责听这两伙人各自的计划，一伙有五个人，一个看起来很老到的男人是领头的，他们准备包车去唐克、若尔盖，也就是要跨越到四川境内了。这超出傅善祥本来的预计了，他说若尔盖值得一看，不看会后悔。

傅善祥笑着说，没关系，我连张家界都没去过呢。

什么意思？男人不明白怎么扯上张家界了。

就是说天下美景没看的多了，顾不上后悔，傅善祥答道。

另一伙是三个人，一女两男，两个男的都是闷人，傻坐在一边不吭声。女人温文尔雅，五官平淡得不值得看第二眼，声音倒是娇俏动人。她颇有风度，等那伙人说完了才开口，我们的路线是从这里包车到玛曲，然后坐班车去阿坝。

傅善祥想了想说，其实你们的路线和我们的都不太吻合，我们是想去朗木寺的。

和我们一起就行了，那男人说，我们也要去朗木寺的，到了那里把你们放下就行了。

傅善祥看了看霍颂南，后者仍是一副悉听尊便的表情。

这时女人轻声说，玛曲到朗木寺每天早上都有班车，方便得很。

让傅善祥最终拍板的是车费问题，五个人一伙的包了辆颇为不错的车，分摊下来一人要百来块钱，而女人这边包了辆最便宜的长安之星，车费一天三百，也就是每人只要六十块，从玛曲到朗木寺十来块钱就可以搞定，看在钱的分上，傅善祥想。

那伙人失望地走掉了。

女人叫张梅，戴了副近视眼镜，两个男的一个是她老公黄平，一个是她表弟，刚考上了如意的学校，所以捎他出来旅行做奖励。这就算打过照面了，约好明天早上八点在院子里碰头。

等他们都走了，霍颂南发话说，我们就是为了省点小钱才要和别人拼车的吗？

傅善祥扫了他一眼，省钱你也有意见啊！你想挥霍我现在出去找车，就我们俩单独包车去朗木寺好了。

不是这意思嘛，霍颂南拉了拉她，有些撒娇的成分，我浑身还是没什么力气，我怕长安之星坐着辛苦。

那继续待在夏河？或者回兰州找家好点的医院看看？虽然知道霍颂南死活不会进医院的，傅善祥还是本着常识这么建议。

不要，他握着她的手，闭上眼睛说，真对不起你，难得出来一趟，还不能好好玩。

他说得有些忧郁，她听得也隐隐觉得伤感，于是也握紧了他的手，低声说，是我不好，早知道就不来甘南了，也许换其他地方就会一切顺利了。

后来她回想那一幕，努力地翻找着在这样的氛围里，两人是不是都动了些真情，是不是呢，她不太确定，或许只是一时的软弱。软弱，人才会更容易相信些什么；软弱，才会更需要一些其他的慰藉。

张梅并不像第一印象那么温柔，事实上这女人有个很让人讨厌

我的他，我的她

的地方，那就是她总是在话语里夹杂着若隐若现的炫耀，一会儿说我们前年在美国时，一会儿热情地问傅善祥，你知道全世界最美的地方是哪里吗？这样的问句真让人讨厌，明显只是个自以为是的设问句罢了。

傅善祥忍耐着听她说下去，最美的是秘鲁啊，那里的峡谷太美了！

秘鲁！傅善祥听得好生气，心想这个偏僻生冷的答案太狠了，她以前逢人炫耀时肯定总是百发百中，因为会跑到这个拉美小国去的人实在太少了，只能傻傻地听她微笑着海吹一番。你要反驳说最美的不是秘鲁吗？你又没有去过，将来也未必会有机会去，而且是为了证明她的论断是错的而去也太无聊了吧。

你还打算反驳她吗？除非你也举出一个地球上的死角来，料定她肯定不可能去过，然后才能够打个平手。

倘若傅善祥听不出来张梅的得意也就罢了，偏偏她全能领会，这让她有些恼火。终于，在张梅说黄平是她见过的最聪明的人时，傅善祥立即抓住机会，以一种开玩笑的口吻给予了坚决回击，张梅，那是因为你见过的聪明人太少了！

张梅有些尴尬，没有料到傅善祥会在黄平本人也在场的情况下这么不留情面，但她仍然保持着自己的风度，没有反唇相讥，抑或只是一时想不出更好的对策。

长安之星里出现了冷场。

霍颂南轻咳了一声，问张梅的表弟几岁了。

小孩乖乖地答了，又耷拉着脑袋不吭声了，张梅重新拾起话

120

题，这孩子平时上学太努力了，都快成书呆子了，所以更要带他出来见见世面。

傅善祥在心里默默地说了一句，那就应该带他去世界上最美的地方秘鲁啊！

想完后，意识到自己的刻薄又觉懊恼，但不管如何，她实在没办法忍受张梅那句黄平是最聪明的人，怎么可能！是可忍孰不可忍，夫妻间的闺房情话在枕上大家瞎高兴一番便罢了，拿到陌生人面前说，这不是在间接否决听者的智商吗？

而且黄平事事都听张梅的，说话很少，根本也没有机会展示过人的智慧，怎么能够让人信服呢？霍颂南就算发烧烧坏了脑子，也比黄平要聪明几百个台阶。

他们在桑科草原小作停留，司机嘉措憨厚好客，载他们去自己亲戚的帐篷里喝奶茶。张梅看着宽宽大大的藏袍很喜欢，妇人就翻出衣服来给她试穿，灰色的，厚重暖和，张梅穿上后还真有点异族的感觉，可惜那副眼镜一下子就露了底细。

黄平和表弟骑马去了。

霍颂南在帐篷里烤火喝茶，傅善祥陪他坐着。有藏族小女孩探头探脑地在门口看，然后羞羞怯怯地挪了进来，其中一个稍高些的从身后变出朵野花塞在傅善祥手里，两人又扭身跑出去了。

傅善祥握着那朵淡紫色的花朵，后知后觉地念着，好可爱的小姑娘。

戴头上吧，霍颂南笑着。

别说，我还真的一直想这么干来着，但怕人家以为我是花痴，其实什么发饰都比不上鲜花美好，朝生暮死楚楚动人，还有天然的芬芳，连香水都省了。

戴吧，我不笑话你，霍颂南继续怂恿她。

傅善祥斜睨了他一眼。

不得不承认，桑科草原很美，再度上车后，车子奔驰在这片茫茫草原上，绿色绵延不绝似无尽头，在这漫长的画卷中视觉变得异常舒适，好像被一股清新的凉意轻轻抚摸着。

午后天气放晴，途经尕海，碧空如洗万里无云。

玛曲比想象中要现代化，和内地的小城相差无几，笔直的水泥路，超市饭馆发廊网吧，应有尽有，广场上有精美雕塑和人工做的假树，孩子们跑来跑去嬉戏打闹。

根据张梅事先做好的旅行计划，一起入住一家由寺庙投资的宾馆，这个宾馆规模颇大，墙上绘满了宗教色彩的壁画，但房间里的床铺脏得让人叹气。

安顿好后大家都说要睡一会儿，只有傅善祥还精神饱满着，于是她就一个人在玛曲街头走了一遍，走完了还是不知道怎么打发时间，就进了家发廊洗了个头。

洗完后在发廊里和老板娘聊天，没话找话地努力发掘话题，过了会儿实在是话题尽了，就只好捡起沙发上的过期杂志翻看。刚想把一个故事看完，接下来那页就缺掉了，断断续续地看了一阵，就起身回旅馆了。

我的他，我的她

霍颂南似乎恢复了一些精神，正坐在房间的椅子上看电视。

还要买药不？她好心地问。

我好好的啊，买什么药，就是饿了，去吃晚饭吧。

我去看看他们起来没，傅善祥轻轻地敲了两下门，张梅迅速地开了，说得比她还快，什么时候吃晚饭？

可见玛曲的生活真是太无聊了，大家都埋头苦等着，把吃饭当成最大的娱乐节目。

那晚吃得相当不错，莲花白，宫保鸡丁，番茄炒蛋……霍颂南因为身体复原的原故也胃口大好，席间还平易近人地聊了聊国际形势，让傅善祥很是惊讶。她一直都以为他是那种不合群不爱理人的清高一族，原来他也可以和路上捡的陌生人聊天的。

表弟有一些高原反应，整个人蔫蔫的，吃了几筷子菜后就到门口吹风去了。傅善祥很小心眼地寻思着张梅会不会买单时不算表弟的那份钱，果然被她猜到了，张梅扫了一眼菜单，笑着和傅善祥报了一个除以四的数字。

傅善祥对自己的先知先觉甚为满意，很痛快地跟张梅劈账。

夜晚和霍颂南在玛曲的街上散步，其实也没什么好逛的，走了一段后就去广场那边坐着，那些人工树上缠绕着的一圈圈彩灯果然散发出廉价的缤纷之色。

多假啊，她说。

体谅一下，这边高原种树太难了，霍颂南说。

倒也是，我差点忘记这是高原了，她转头问霍颂南，你昨天可能不是发烧，而是高原反应。

瞎扯，我什么问题都没有。

早知道就不给你买药了，傅善祥嘀咕着。

霍颂南轻轻揽着她的肩，我小时候很喜欢吃宝塔糖，你知道这个吗？一种打肚子里虫子的药。

你干吗喜欢吃这个药？

因为它很甜啊，我是把它当成糖果吃的。

好傻，如果我们从小就认识，我会抢走你手上的宝塔糖，傅善祥微微笑着，现在宝塔糖已经很少了。

没有什么药再是甜的了，他说这句话时颇多感慨，小时候很多东西都是美好的，我到现在还能记起那时候多么愉快，我经常爬到树上去掏鸟蛋，有一回那鸟不知道怎么的凶悍极了，把我吓得从树上摔下来了，腿都瘸了。即使是这样，现在想起来还是很开心的。你呢？你的童年什么样的？

傅善祥的身体冷了一下，她慢慢地说，我的童年啊，我的童年很平常，天冷了我们回去吧。

次日一早，张梅他们去阿坝，半小时后傅善祥和霍颂南也坐上了前往朗木寺的班车，从大片草原中穿过，然后翻山越岭的，朗木寺就出现了。

朗木寺是一座小镇，藏区很多地方都是先有寺，然后寺周围慢

慢发展成了居民区。朗木寺特别的地方是它有两座寺，一座在甘肃境内，一座在四川境内，以白龙江源头的小溪为两省之界。

朗木寺比夏河更慵懒迷人，也更秀气。有商业气息的不过是百来米的一条小街罢了，吃喝玩乐都健全。能让人心生依归眷恋着不走的地方一定是好吃好睡没有时间概念消费低廉的，朗木寺也不例外。

他们找了家青年旅馆住下，嘎吱嘎吱的木质楼房，楼梯过道处放有桌椅，上面闲闲地放着些地理杂志。房间很俭朴，每张床边都有一盏紫色小台灯，窗边就是清澈的白龙江。当然，在朗木寺它们还只是天真的幼童，狭小的、浅浅的，清澈灵动，整夜就这么哗哗哗地流淌而过。傅善祥站在窗边，看着溪水山脉寺庙，轻轻嗅了下空气里植物的青草味，对霍颂南说，我们多住些日子吧。

她是喜欢这个地方的，哪怕哪里也不去，就坐在旅馆里看书吹风也很好。

虽然楼下就可以用餐，他们还是左拐去丽莎餐厅吃著名的苹果派。丽莎餐厅气氛甚好，长形的沙发贴墙摆着，客人们都排排坐吃果果地挤在一起，服务生是回族人，英语讲得也地道，和金发碧眼的老外交流自如。

除了苹果派，丽莎家颇有几样拿得出手的招牌菜，汉堡可爱得让人发笑，完全是中式改良过的，所有的菜式都份量极足，一大堆摆在盘子里，看着也喜庆，似乎总是在鼓励着客人吃吧吃吧。

傅善祥最喜欢丽莎，霍颂南则对阿里餐厅更满意，他尤其喜欢

是谁说，时间宝贵做什么都很浪费，就这么虚度年华抬头看云不想未来，已经是逍遥的极致了。

傅善祥喜欢坐在旅馆一楼餐吧临窗的位置，看着街上人来人往，有不知来历的老外，有打扮明艳的藏族姑娘，还有身穿冲锋衣的汉族游客，大家都慢悠悠地走着，阳光照耀着脸庞，微风轻拂，呼吸均匀。

在这样缓慢而闲淡的时光里，傅善祥结识了几个驴友，一个是骑着摩托车从天津杀到甘南来的，准备从这里去成都，然后再从川藏南线上拉萨。这人长得很精神，一身黄色的户外专业服装，不管室内室外都戴着副墨镜。纵然这样还是没有掩盖住五官的英俊，在旅馆里倒不是第一次见到他，前两天在甘肃这边的寺庙里已经邂逅过，当时一伙人在参观，只有他兴致勃勃掏钱雇了个讲解员，众人出于占便宜或者好奇心也跟着，蹭听了一会儿绿度母白度母的，谁都没有他那样认真好学，很快就乏了，唯有他边看边听，还和讲解员交流着。

另一个是斯文腼腆的学生，傅善祥看他怯生生的模样，主动找他搭话，一来二去却发现其实这学生头脑灵活能言善道。第一印象往往都是错觉。

还有个围着红色披肩的女孩，也是一个人出来旅行，脸上有种恍惚的表情，傅善祥问她什么，她都一一答来，但句句都像是瞎编的。

路上总是会看到各种各样的人，有奇异神秘的，有正常平淡的，有和生活里一样令人讨厌的，有神一样散发着惊人魅力的。大

多数时候，你和这些人的缘分就是擦肩而过，连相互的名字都不必问，要留联系方式更是可笑。不，你们不会联系，就算联系了真的变成现实中的朋友，很快你就会发现这个人不是路上遇到的那个，他如此无趣庸俗，和你日常生活中所能遇到的所有的蠢货没什么两样，只是当时旅行的超常状态淡化了他身上庸碌的部分，他是这样，你也一样。

在很多时候旅途的友谊也是某种利用，以此抵抗一个人的虚无感。人总是需要汲取他人身上的力量来慰藉自己内心的不安与恐惧，或者根本上所有的感情实质上都是一回事，只是你一个人无法活下去罢了，即使不喜欢即使不真正需要，也会想总比一个人孤孤单单要好，这只能反证你的软弱与无能，你没有独处的能力。

傅善祥一直想知道自己有没有独处的能力。

霍颂南对朗木寺并不喜欢，甚至有些不耐烦，陪傅善祥走了一趟纳摩大峡谷，就再也不肯远足了。午后傅善祥去甘肃这边的格尔底寺看辩经，他也不想去，不去又实在无事可做，只好跟着一起上山。看辩经的人不太多，两个老外和四个香港过来的女孩，就像很多连续剧里那样，其中三个颇有姿色，而另外一个又胖又傻，即便这样也就罢了，偏偏那三个美女还齐了心地冷落她，把她一个人丢开好远，她就默默地坐在台阶上。

寺庙很冷清，喇嘛们都在殿堂内诵经，并没有要出来辩经的迹

象。一批喇嘛红云般出来了，散去，隔了一会儿又一帮喇嘛从四处会聚在一起，身影消失在重重黑布之后。

从山上的寺庙俯瞰整个朗木寺小镇，它宛如一颗温柔的明珠，午后的阳光使人慵懒欲睡，有几个已经下课的喇嘛躺在青草地上，低声和身边的同伴说着话。

霍颂南转头对傅善祥说，我们走吧。

去哪？

回旅馆啊，大概是看不到辩经的了，霍颂南本来就没打算要看，他什么都不想看。

你累了？要不你先回去吧，傅善祥有一些冷淡地说。

她的姿态是出自于试探的，而他真的起身下山了，头也不回，看得傅善祥有些怔怔的，她垂下眼帘，默不作声。

不知过了多久，再抬头时老外已经走了，三个香港美女也走了，只有胖姑娘还茫然地在附近走来走去。

傅善祥从另一侧下山去，这条小路应该也是可以通往小镇的，经过一所空荡荡的小学校，然后拐了个弯，走过一座小桥，果然回到了镇上。

已是黄昏。

看着天边的晚霞，忽然感到有些感伤的情绪在慢慢地裹紧自己。她拿出手机看了看，没有霍颂南的电话。走回旅馆，看到霍颂南正和那个红色披肩的女孩坐在一起吃晚饭，女孩微笑着，她愣了一下，犹豫着是否要进去。

两秒钟后，她闪身折回丽莎去了。

她一个人在丽莎吃了张番茄比萨，非常非常大的一个，比以前她吃过的所有的比萨都要大，不计成本的豪迈铺张，好似一张没有节制的脸盘，上面堆满了许多表情。

她又要了一杯果汁，和这张硕大的比萨耗上了，下了个强悍的决心，一定要把比萨完全地彻底地消灭干净，片甲不留。

客人一拨拨来一拨拨走，她身边换了许多人，不同语言支离破碎地重叠着，满屋都散发着食物甜美的香味。

那晚她并没有撑死，她赌气把自己的肠胃塞满，慢慢挪回旅馆，结果发现自己仍然没有赢那对男女，他们仍然坐在老地方，不同的只是面前的盘子换了杯子，而白天认识的学生和摩托手也加入了聊天的阵营。

餐厅已经变成了夜间的酒吧，吧台边的藏族男人在唱歌，几个游客模样的人也挤在那里。大家玩得都很高兴，歌在唱舞在跳酒在烧。

她在夜的街上慢慢地往前走着，再一次去了那家银铺，买下了属于她的银镯子。

其实，一直到回去后，她才知道整个甘南之旅是一次错误的行为，他们在感情摇摇欲坠的时候选择去旅行，只是加速了它本身的分崩离析罢了。

他和红色披肩的女孩只是寻常关系，像他那样的男人不会随便喜欢别人，不过是和人聊天打发时间而已，他甚至都不会问她名字和来历。

她一个人回房间睡下，听着枕边潺潺的溪流声，就像心里的某

种难以言传的忧伤，她听见了逝者如斯夫的声响。

他回来时她闭上眼睛装睡，他的脚步声在她床边停了，隔了会儿，手搭在她头发上，他的手满含温柔，几乎让她流下泪来。

然后，他睡回了自己的床。

灯灭了。

旅途尽头，星辰降生

从甘南回去后，他们分手了。

而他的小说《相见好》也终于出版了，封面做得很是不俗，打开扉页，果然白底黑字写着"献给亲爱的F"的字样，她再缓缓往后翻，责任编辑是程秀丽的名字。

她合上了书，打好辞职信交给了老沈，老沈是个坦率真诚的中年男人，一句虚伪的假意挽留也没有，对她点点头，然后说了几句很有实际意义的话：我可以给你推荐到其他出版社，以你的能力你可以做得很好的，需要我帮忙的时候打个电话过来。

她有些迷茫，我的能力，我有什么能力？

她没有见着程秀丽，她和霍颂南一起去参加昆明的图书展销会了，她做宣传很有一套，在各大知名网站聊天，找几个批评家来批评霍颂南写得有多差。要想炒红一本书找人夸的效果反而不及找人骂的好，当然了，骂也要骂得惹人好奇吊足胃口才行，霍颂南这本小说的卖点是真实性。

很多记者问程秀丽，小说里那个与霍颂南相爱的女编辑就是你吗？

她笑着摇头，不是，但我不能说，要不你们问霍颂南吧。

霍颂南也是打太极的高手，含糊其辞语焉不详，当人人都以为他们默认了时，他又话锋一转，我喜欢的女人是长头发的，程秀丽不是我喜欢的那种类型。

剪着简约短发的程秀丽朝记者笑了笑，此地无银三百两般地说，我以前倒是留长发的，现在剪了。

于是有好事者开始到处猜测霍颂南小说里亲爱的F是谁，黎明出版社的女编辑们全上了这张名单。陈子梦、康妮以及其他编辑室的一些人，甚至包括杨密，因为有人找到了杨密的照片，觉得这个人那么帅，气质和霍颂南也很配，所以编派起绯闻来连性别都不顾了。

康妮的回应是，神经病，老娘结婚都八辈子了。

陈子梦对打电话过来打听绯闻的同行开玩笑，我倒是很愿意哦，可是霍颂南没给我机会。

消息一点点流传出去，业内很快就传遍了傅善祥的可能性，只是认识她的人不多，而且她离职后整个人就像风筝一样消失在茫茫人海，除了黎明出版社知道真的有过这么一个人，其他看客以为只是出版社摆噱头，转移目标，故意捏造出一个人物来。傅善祥？那不是太平天国里的女状元吗？开什么玩笑。

大家以为傅善祥是不存在的，倒是程秀丽横看竖看都跟小说有牵扯不清的关系。在各大城市签名售书时，她总坐在霍颂南边上，又像经纪人又像女朋友。傅善祥在报纸上看到他们的合影，她的神情是清白而笃定的，因为真的不是她，她只是顺水顺风地搭上了这趟车。她不在乎有什么不清不楚的名声，而且和霍颂南这样的才子传绯闻也不是什么不堪的事，或者这原本就是她的意愿，她凝望霍颂南的眼神确实有情有意。

为了商业利益他们彼此需要，她虽然平时懒洋洋的，但瞅准了一个机会立刻就能动如脱兔。在她效率极高的策划下，霍颂南的书从编辑到印刷到发行到上市只花了两周，也就是傅善祥和霍颂南去甘南旅行的时间。

她计划得很周详，等傅善祥回来就已经看不到她了，她倒不是惧怕两人见面时的尴尬 ——真要怕，就不接霍颂南这本书了。

她是真的忙，为了要把霍颂南这本小说打造成畅销小说，她简直就是全力以赴，把所有的力气都花上了。她动用了手上所有的媒体关系，她知道这小说对于霍颂南意味着什么，或者对自己意味着什么。他们瞒着傅善祥达成了协议，用迅雷不及掩耳的速度将小说出版变成了板上钉钉的既成事实。傅善祥受伤也好，决裂也罢，都不再重要，拎不清状况的人始终是要被淘汰出局的。

傅善祥看到这本书的时候，知道在朗木寺所感受到的逝者如斯夫是什么意思了。

她收拾好自己的杂物，捧着纸箱坐电梯，在狭窄的空间里撞上

了杨密，她很想问他是怎么想的，喂，你这个潜藏在暗地里的男朋友，有何感想？你不在乎程秀丽和霍颂南是什么关系吗？

当然，最后什么也没说。出了黎明出版社这个门，她和这里所有的人事都脱了关系，谁和谁有什么，谁也被伤害了，这些都无关紧要了。

她在街上拦出租车，许多辆过去了，因为都是满的，她委屈地站在车水马龙的街上，警告自己不要哭不要哭。

你哭个屁啊，有什么好哭的，没有任何人对不起你，和该死的作家交往前就要知道有风险。张爱玲还把身边的三姑六婆都含沙射影地写在小说里呢，你叫一个三流的江郎才尽的中年死胖子怎么办，他不能不写，你值得一写！你至少还值得一写！哭个屁啊，有什么好哭的！

傅善祥手里的东西撒了一地，她蹲在地上一样一样捡。

她和程秀丽再没有联系过，电话号码也删了，她想她过去太天真了，以为和同事做朋友，就能避免腹背受敌的孤立。事实证明，在盘根错节尔虞我诈的职场上找友谊，和找死没两样，一旦起了利益冲突，随时有可能会被最亲近的那个人踩在脚下当过的垫脚石。

这个世界，不缺经验，只欠教训。

霍颂南打过几次电话来，她安安静静地听着铃声，不接。他一向不喜欢发短信，倒是写过几封电子邮件，问她出了什么事，为什

么不接电话。

她不回。

他亦来过她的住处，有两回她在家，狠下心肠不开门，或者也有她不在家的时候吧，反正不通音讯的时间，慢慢地从一周变成了两周、一个月，他愈发地肯定了。

他们之间连分手都没有说。

这原本不是她处理感情的态度，她是很喜欢打蝴蝶结的，再不堪的事情也要给予一个最后的结尾。她考虑过给霍颂南回电子邮件，说一句分手了不要再联系，又觉得全无必要。她把那本《相见好》又看了一遍。

其实他知她也知，这本书的存在就已经说明分手之确凿无疑。倘若事已至此她仍然赖在他的世界不走，不只是霍颂南和程秀丽会看不起她，连她自己都得自轻自贱了。

两个月后她搬家了，倒不是怕霍颂南会来骚扰，他不是那样的人，理由很现实，她失去了工作，平日生活全靠过去的微薄积蓄。她找了个房租便宜一半的小房子。

她写电子邮件给欧芹：我搬家了，虽然房子很小，但你过来住没问题，有一个小小的书房留给你。不知道你什么时候才回来，一切可好，很久很久都没有你的音讯了，上封信的时候你在拉萨，现在呢，飘哪里去了？

我不太好，我很想你，欧芹，我前一阵子梦见你了，梦里你对我说，你们那里挺好的。

　　对了，我现在单身，并且失业了，暂时也不想找工作，还有些钱可以活一段时间。我想看看书看看碟，先厮混一阵再说。

　　我很想你，晚上的时候尤其如此，白天可能寂寞没有那么明显。一到晚上，头脑清醒得厉害，除了看碟没有别的能够填满脑子了，而且必须看那种非常热闹庸碌的才可以不寂寞。

　　阿里网吧很少而且价钱很贵，普兰一小时五块，札达八块，狮泉河稍好些，一小时四块，塔钦则是没有网吧的，电话倒是不少，IP电话一分钟三角，挺方便。

　　塔钦村坐落在岗仁波齐山脚下，望过去是一大排白色整齐的平房，左右两侧有一些藏式楼房。很多沿街的平房都租给汉族人做生意，开茶馆饭馆旅馆等等，藏族人自己仍然习惯于住在老房子里。

　　诚实地说，塔钦很脏很乱，到处就是无从收拾随兴而仍的垃圾，这和神山岗仁波齐的洁净超凡气质迥异。但住了一阵后，又让人对塔钦的脏乱视而不见习以为常了，高海拔地区垃圾是可以忍受的，它们不会滋生虫蝇，也不散发恶臭。在经历太多太多的无人区后，看到垃圾就会宽慰地想，至少这里有人类生活的痕迹。

　　塔钦还有一个极特别的地方，野狗无数，只只都长得差不多，高大肥硕，毛发乌黑。它们都懒得要死，偶尔起来摇摇晃晃寻找食物，大多数时候趴在地上晒太阳。起先欧芹很觉得恐惧，生怕它们忽然一跃而起扑上来咬她，这完全有可能，据说前几天就有个老外腿上被咬得鲜血淋漓。每次经过那些看似沉睡中的大狗，她都会小心翼翼，随时做好撒腿逃跑的准备，又知道自己肯定跑不过这些威

风凛凛的牲口，就更害怕了。

住久之后，这种对动物的恐惧慢慢淡去，她猜大概是在这里待久了，以嗅觉灵敏著称的狗就会把她归为熟人，不会再将她视为村庄的闯入者，对她的走动也不在意了。它们其实都很乖，安安静静地晒太阳睡懒觉，有一些比较活泼的还和人类交上了朋友，并有了自己的名字，无非是大黑小黑这一类。

夜晚它们会仰天咆哮，白天倒是平静安详的，它们中一部分体格健壮的还经常去转神山，和人类一样。不得不承认狗是有灵性的，尤其这种生活在神山脚下的，一定感知了某些人类所无法领会的冥冥中的旨意。

岗仁波齐位于西藏阿里普兰县，海拔6656米，被藏传佛教、苯教、印度教共同奉为世界中心。每年都有无数信徒前来转山朝拜，以求解脱。转山道全长52公里，从塔钦出发，途经曲古寺、哲布热寺、尊最普寺，最后回到塔钦。

到塔钦的第二天一早，欧芹就和陈列、阿玉转山去了。阿玉体力不太好，走得很慢，又酷爱摄影，总是停停歇歇。走了一程后，欧芹决定一个人先走，没什么好知会的，她就默默地往前去了。一路看到许多转山的藏族人、印度人、尼泊尔人，以及反方向转的苯教徒，所以也不觉得寂寞。

看来看去还是藏族人体力最好，毕竟是高原上的民族，即使背着东西也健步如飞。在休息处的茶馆，有一伙路上一直遇见的藏族

背夫们请欧芹喝酥油茶，大概看她孤身一人也能赶上他们的步伐，觉得她很有意思。

路上风景很美，这种美跟你没什么关系，也不需要惊叹。在转山途中倘若还要一心看风景，除非有很多很多时间，比起对美的流连来说，欧芹更想自找苦吃。她尽可能地疾走，以此探知自己的潜能，走完全程到底需要多少小时，这也是她不想空等阿玉和陈列的原因。埋头苦走六小时，欧芹就到了哲布热寺，从这个角度能够清晰地看到岗仁波齐，因为积雪纵横的关系，甚至能分辨出它的眉眼，如此慈悲，充满了灵性，它形态优美，状如白莲。

哲布热寺里只有一个住宿的日本老人，询问了半天也没问出僧人们的去向。然后风云突变，毫无预兆地砸起了雹子，周围一片迷蒙，一只黑狗沉默地趴在门口的屋檐下，与岗仁波齐遥遥相望着。

几个金发碧眼的老外狼狈地冲进来躲雨，他们不停地交换着想法，眺望下面那条溪流，琢磨着可有办法渡到对岸去。

雨势稍微小了些，老外们走了。欧芹在留宿哲布热寺和去对面旅馆之间徘徊了会儿，转头看看那只无精打采的狗，终于她也站起身来。

果然是有座木桥，说它是木桥还真有点勉强，它是由几段木头横搁在湍急的水面上，中间有几处是空缺的，看了让人不安，万一跌到水里去不死也是半条命，而且死的可能还不小，尤其像欧芹这种不会游泳的。

欧芹在岸边伫立了半天，觉得没有把握的事情不应该尝试，但正因为没有把握，更觉有趣而迷人。

　　有个藏族人要到对岸去，轻巧地从她身边经过，她急忙跟上去，请求藏族人拉她一把。

　　在帐篷旅馆前看见了阿玉和陈列，便与他们住了同一家旅馆。住处是极简陋的土房，一晚十五元，泥房泥床，连灯都没有，想来也是，谁需要灯呢，倒头睡觉都来不及，明天一早就要爬起来翻越转山途中最为艰险的卓玛拉山口，海拔5700米，用走的，想想就要倒吸一口凉气。

　　旅馆老板一家都很开朗，欧芹跟老板的女儿用结结巴巴的英语似是而非地交流着，气氛很是奇怪有趣，连蒙带猜的，竟然还聊了不少，至少把帐篷里一大群藏族人彼此间是什么亲戚关系搞清楚了。

　　老板娘喜欢欧芹的蓝宝石戒指，要拿自己的红珊瑚跟她换。

　　欧芹不换，她还是亲亲热热地拉着欧芹的手仔细地端详着，似乎真能看出这戒指有啥了不起的价值来。

　　欧芹很想告诉她，假的，这是假的。

　　转念一想，也许她并不在乎真的假的，只是觉得漂亮罢了。

　　老板是个健硕的藏族男人，虽然已经生了一群小孩，但仍然很有些天真的烂漫，让女儿告诉欧芹，你眉毛很好看。

　　欧芹大笑，大概自己的五官在一群轮廓分明的藏族人里实在平淡，他想礼节性地夸奖一下，又不知从何夸起。

　　欧芹从老板家的帐篷里走出来，在寒风凛冽的夜晚仰望天上星云密布，心里泛起了温柔的感动。在那一瞬间，她脑海里闪过许多人，她爱过的恨过的，决意忘记的无法忘记的，一切就像梦一样。

　　她轻轻推开房间的门，摸索着睡下了，阿玉似乎有些不舒服，翻来覆去的，欧芹也觉得床铺坑坑洼洼，似乎刚要睡稳就跌入了一个洞穴，一惊，又醒来。反复了几次，天缓缓地亮了。她觉得自己还没有恢复力气，对于翻越卓玛拉山口微觉恐慌，但有些事情必须只能自己完成。

　　想到这里，她恶狠狠地爬起来。

　　吃了碗方便面就上路了。路上还挺热闹，她对陌生人已经没有什么好奇心了，不过看到路边端坐的印度人还是多看了两眼，他保持同一姿势良久，似乎在做着什么仪式。

　　得承认卓玛拉山口确实名不虚传，那种对体力的极大的折磨是无法用语言来描述的，一切只能走走看，走走就知道了。

　　在最痛苦的时候，欧芹不是用走的，她觉得自己的姿势跟爬差不多。山体比预想的还要陡峭，虽然这已经是一条无数人走过的成熟的转山路，但某些时候还是觉得陌生之极，对于前面的每一步都无法预料，它们如此之遥远，直插云霄，似乎无法抵达。

　　欧芹在翻越卓玛拉山口时把所有的食物都吃完了，巧克力，压缩饼干，牛肉粒，身上每一处力气都被这艰难的跋涉夺走了，全凭麻木的惯性与极大的意志力，一步一步攀登。她不敢有半丝松懈，因为实在太清楚每一寸路都只能自己走，这是无法逃避的今天。

藏族人看她脸色苍白，便请她喝茶，如若在平时，她会小小推辞一下，但这次她真的渴坏了，猛灌了几口，喘着大气道谢。

也不知走了多久，在对山顶已经不抱希望时，山顶却也出现了。她已经不知道陈列和阿玉在哪里了，劲风拉扯着乱石堆里的五彩经幡。

她坚持着走到一个稍微平坦些的地方，然后双膝一软，斜躺在石头边，边上休息的藏族人咧着嘴朝她笑。

她连回笑的力气都没有。

风吹乱了她的头发，她随手理了理，决定立刻下山。当她飞一般地往山下跑时，连自己都惊讶极了。天知道力气又是从哪里来的，经过淡蓝的慈悲湖、厚冰不融的地段，还有那些需得跳跃的巨石堆，下午一点她到达了山脚下的帐篷前，吃了碗泡面，喝了罐红牛，还有两大碗酥油茶，茶烧得不太好喝，但在高原上喝这个最管用。

欧芹一个人又意气风发地上路了，前路被滩涂所阻，在沼泽地里跳来跳去，好不容易才重新找到正确的路径，然后她走上了一条从未遇到过的不归路。

在很多时候，她以为自己会死在这条寂静得恐怖的路上，在最后十公里只有她一个人，前后左右一点声音也没有，她能够听见自己的脚步声心跳声脉搏声。

神哪，一个人也没有。

她感到了一种荒凉的遗弃感，然后下起滂沱大雨，周围完全没

有避雨之处，她只能听任雨水死命地拍打，而自己就像一片单薄的叶子，在大雨中恐惧地往前走。天色阴沉得像马上就要吞噬她一般，更恐怖的是雨水把整个世界都变模糊了，她陷入了对方向的不肯定中，迷蒙的眼睛看不清隐约的路径，生怕自己一旦走错路就再也无法回头。

从来没有这么恐惧过，翻过了一个山头以为前面会有人烟，结果前面还是寂寞的山，无数次都是这样，当她走到最高处，心就咣当一声又碎了，这路途毫无尽头反反复复，折磨着她的神经。

肆虐的大雨终于停了，光线也稍稍亮了些，她才要小小松口气，却发现自己将要面对的是悬崖峭壁。

被雨打湿的路面非常之滑，而且只够放得下一只脚，百米之下就是湍急的江水，这可真把她吓坏了，她什么也不管了，用极其狼狈的姿势一步步挪着，每一步都重如千斤，这种与死亡贴近的感觉令她头皮发麻，战战兢兢，生怕自己一个重心不稳，掉到江里去——都说了不会游泳！而且这种境况下的死法是跳楼和溺毙的双重折磨，相当于死两次。

悬崖出奇的漫长，为了不使自己陷入致命的恐惧中，她命令自己不断地在脑子里重复简单的指令——天不要黑天不要黑天不要黑……念上无数遍乏味后，再换另一句——我不饿我不饿我不饿……或者我不怕我不怕我不怕我不怕……

让这样弱智的想法占满脑子，就没有空间去胡思乱想了，相当有效且好用。

知道自己安全了，是看到前方出现了白色房子，至此，终于把

脚步放慢，长长吁了口气。在彩霞满天时再次回到塔钦，感觉自己凤凰涅磐浴火重生了。这种孤独成长的经验如此可贵，以至于越发坚信自己将来无论遇到什么都可以无所畏惧了。在有可能死的时候顽强地活下来，那此后的人生全是白捡的。

欧芹没有直接回旅馆，而是去了家咖啡馆，坐在炉边烤火，袜子鞋子衣裤全是湿的。这是傍晚时分，咖啡馆静寂无人昏暗一片，老板给她递来咖啡和蛋炒饭就出去了。

温暖的房间里只有她一个人，又想哭又想笑又想大叫又想睡觉，痴痴呆呆坐了半天，结果那碗蛋炒饭仍然没有消灭干净，咖啡倒是又续了一杯。

现在她坐在世界最尊贵的神山岗仁波齐边上，这是世上最美好的地方，周围还有玛旁雍错、拉昂错，还有纳木纳尼雪山，就算死在这里也是梦之所归，可是她竟然大难不死，她差点以为自己会在某一处脚下打滑，寂静无声地独自死去，就像小石投海般不起半丝涟漪。看来，死还真的不是一件唾手可得的事。

神让她活下来，神没有让她死在缺氧里，没有让她死在泥石流里，没有让她摔下悬崖。这片生灵稀少的荒凉土地，这片神灵居住的地方，这片唯有信仰才能存活的世界。

神哪，神让她经受生死考验又不当真索命，其意何在?

陈列和阿玉直至凌晨才打着手电回来，陈列还真是个善良的男孩，为了护佑阿玉耽误了自己的时间，她模模糊糊地想。

连半梦半醒之间，她都有着冷酷的心念——而我，我既不想成为他人的累赘，也不想帮助谁，我只够负担我自己，我连自己都负担不好。

那一觉睡得够甜美的。

之后，他们坐班车去普兰。

普兰县城位于孔雀河谷地，四面都是皑皑雪山，与印度、尼泊尔接壤。普兰历史悠久，自公元初始就是象雄古国的中心辖区，比威震青藏高原的吐蕃王朝还要早。

普兰是阿里地区平均海拔最低的县城了，只有3800的样子，因此这里有植物，在整个阿里几乎看不见绿色——普兰有，大片大片的绿，山谷充满了生命的喜悦，犹如被神灵眷顾过的世外桃源。

普兰分成新旧城区两部分，新城有着笔直的水泥路，四处略微转了转后，欧芹提议入住那家有着宽敞院子的宾馆。老板娘很豪爽，把一排藏式房间全打开给他们挑，没啥可挑的，四间房子全一样肮脏破败。

这真是一家格局很大的宾馆，以接待印度游客为主，经常能看见衣着宽松皮肤黝黑的印度人走来走去，他们都是要去朝拜岗仁波齐的。

普兰的日子是色泽浓烈的，比如在烈日暴晒的午后前往老城区，看达拉喀山的尼泊尔大厦和贡巴宫寺。

所谓尼泊尔大厦，其实就是达拉喀山上数百个高低不等的天然崖洞，以前尼泊尔商人常常穴居于此，现今大多已经被弃，偶尔还有个把苦行僧在此修行。

贡巴宫寺是一座由十几米长的木板搭成的悬空寺，从这里俯瞰

整个普兰会心生感动。它如此之美，比你曾经见过的任何一座城市都要美，远方连绵不绝的雪山与浓密的白云相互依偎，孔雀河在烈日之下泛出熠熠光亮，生长在河边的深绿树林顽强甜美，处处昭显着普兰是何等的生机焕发。它从未衰老一如往昔，你能隐约从深深浅浅的断壁残垣里破译出历史的脉络，可它终究保持着沉默，它的精髓已然消失在过去的长河里，而那些残篇还如同幽灵般坐落在每一道伤感的褶皱里。

也曾搭车去科迦，还有边境线上的小村斜尔瓦。灼人的紫外线催生了科迦寺周围怒放的花卉，红的滚烫，黄的耀目，绿的清凉，高原上的颜色纯粹得没有回旋余地，纯粹得靡丽烂熟，宛如世界尽头。

在一切的流云之下，人不存任何念想。还要想什么呢？有什么好想的？

在这样的流云之下，在阿里的土地上，欧芹心里闪过了老子那句"天地不仁，以万物为刍狗"。

天地才不管你是什么样。你是什么样，到头来除了你自己根本没有人在乎，你就算是稻草扎成的狗又如何？

从普兰没有直接去札达的车子，必须去阿里的首府狮泉河转车，阿玉的计划变了，她要从狮泉河直接坐班车去新疆叶城，于是她像空气中的微尘一样消失了。陈列的计划也变了，他说他从来没有搭过卡车，他要在国内这一段最艰难的路上试试，他像另外一颗微尘一样也消失了。

夜晚到了狮泉河，欧芹背着包去蓝天宾馆住下。同房的是两个女人，一个光头，一个麻花辫。在路上你总会遇到奇人异士，这个房间也不例外。麻花辫一直夸赞欧芹生得小巧玲珑，其实欧芹也没那么值得赞美的，只是麻花辫自己很大个很大个。

三言两语后，欧芹就摸清了她的人生轮廓，用俗世标准来看，她是个幸福的女人，有着忠诚的夫君，读书聪明的儿子——所有妈妈说起自己儿子的智商都是堪比爱因斯坦的，都是一个伟大的奇迹。

在生活稳定的前提下，她每年都会出来云游一次。她不工作，夫君有钱满足她的兴趣。她资质平平但顺风顺水，这岂不就是幸福？年过四十仍然可以扎麻花辫，仍然有追求浪漫的勇气。

而光头，欧芹小心地打量了几秒钟，才确认她是出家人，她说了一个现在的名字，很长，让人不敢让她重复一遍，重复也记不住。

麻花辫得知她也要去札达时分外高兴，我们可以同路。

好，欧芹倒头睡了。

睡，不那么容易。师太在她边上念经，也不知道打算念到什么时候，开着明晃晃的灯，那念经的声音诚然不大，但越是这种琐碎低沉的声音越叫人抓狂，似乎它不伤元神，能够持续很久很久，你无法听清她到底在念什么，含糊一团，在你耳边绕来绕去。

她听见麻花辫发出轻微的呼吸声。

蓝天宾馆是狮泉河颇有名的旅馆，许多来来往往的司机都会住

在这里。欧芹没能搞清楚哪一个才是老板娘，服务台里坐镇的女人变了好几个，全都是能干勤劳的四川女人。一到晚上大堂里就开始打麻将，也不知是从哪跑出来的强人们，每晚都摸牌到天亮。

狮泉河是阿里地区的中转站，无论去哪里都要以这里为中心，左边是驶往新疆的新藏线，右边是通往拉萨的阿里北线，还有一个方向是朝着日喀则的阿里南线。除了这三条主线外，从狮泉河还可以去塔钦、普兰以及札达，班车并不是每天都有的，路途漫长的大概得等上两三天才会有一班，另外还要看淡季旺季人多人少。

蓝天宾馆的老板认识大部分跑这些线路的司机，手上资讯随时更新，要搭车的租车的找他准没错。

狮泉河是阿里地区物质生活最丰富的地方了，小型超市就有二十三家的模样，各色物件的价钱比起内地来说翻了一倍，但总算不离谱。这里饭馆也极多，像阿里其他地方一样，也以川菜馆子居多。欧芹为了等札达班车，在狮泉河逗留了两天。

两天时间，一天用来将狮泉河仔细转过两遍，得出的结论是手机店很多，邮局也不少，竟有三家。另一天不知做什么好，就窝在旅馆里看电视，真的很久没有看电视了，逮着遥控器一顿猛看，如饥似渴，她都快不知道高原以外的世界长什么模样了。

麻花辫在楼下晒太阳，边上坐着个日本姑娘，两人用英文单词相互拼凑着对方的意思。师太行踪飘忽，不知去哪里了。

一直到坐上札达的班车，欧芹才知道师太是有同伴的，而且甚为惊异的是她身边坐的另一个出家人曾是她丈夫，也就是说，他们

是夫妻携手出家。

麻花辫低声地告诉欧芹，他们是两年前在尼泊尔一起剃度的，女的以前做服装生意，男的不知道做什么的，现在两人在西藏到处走，开销很省，运气好的时候有信徒供养。

那他们现在还是夫妻吗？

不是了吧，现在是同道中人，都不住在一起，你也看到了嘛。

真奇异，也挺了不起的，欧芹感慨着，难免多看了几眼。这对曾经的夫妻把世俗婚姻的相濡以沫转换成了共同追求佛家真谛，应该是羡慕他们齐心协力放下红尘呢，还是担忧地想，如果出了家还是会惧怕寂寞，非得带上伴侣才心安，那仍然没有彻底放弃凡尘啊？

去札达的路很烂，而整个遭遇更是倒霉透顶，本来傍晚就能够到札达看晚霞中的土林，但谁也没想到，绕路送了批民工去香孜后，就不断地遇上令人抓狂的爆胎事件。起先是一个轮胎，而后爆胎就像传染病一样，一二三四五六，六个轮胎全部报废。

车子矮了一截，傻停在荒山野外，几个老外琢磨着事情不可能好转了，就取出帐篷到边上扎营去了。藏族人也随遇而安地合眼睡觉，大概这样的事情在阿里时有发生且已习以为常。师太很不开心，和司机的媳妇似真似假地吵了几句以示不满，那女人为了证明爆胎并不是最糟糕的情况，就举例说，上星期这边还泥石流呢，有个过来玩的女孩子受伤了，非常惨，全身的皮肤都烂掉了，估计这会儿还在医院。

夜晚很冷，欧芹裹着睡袋，侧身看着窗外的明月。《吉檀迦利》里说，旅途尽头，星辰降生。

从海拔高度的意义上说，阿里就是世界的尽头了，没有比这里更高的地方，也没有比这里更适合仰望星空的了。欧芹回想伊莎贝拉当时对她说的话，如果你不知道应该去哪里的话，就去阿里吧，你能找到另一个自己。

另一个自己。

欧芹很迷惘，她觉得她并没有找到所谓的另一个自己，阿里对于她来说，最重要的就是抬头望见的那一大片令人震撼到泪流满面的星空，仿佛肉身不复存在，整个自己无足轻重，只有星空才是唯一确凿的存在。

过度地凝望如此浩瀚深远的星空，其实是一件迷人至危险的事情。迷人，因为很多年来它们在城市已经淡去身影了，它们并非寻常可见之物，寥落的几颗不构成星空，只是寂寞的星子罢了。童年的时候，偶尔能够看到这样的满天星辰，但那时只觉得好看，不能够领会更多。

当阿里的星辰奢侈地缀满了整个苍穹，犹如远古的秘密在昭示着来历与去向，你久久地凝望着它，没来由地陷进去，好像自己将要被什么神秘的力量卷走，再也抓不住这浮世的什么东西了。在某一个幽暗的深处，你忽然知悉这是温柔的慈悲与怜悯。

你会流眼泪。

你曾经所遭受的，现在承担的，将来要面对的，它都知道，它

无动于衷也爱莫能助，或者它说，总有一天你要回来，成为我们中的一员。

阿里的星空让欧芹有一种难以排遣的寂寞的乡愁。

在阿里的每个夜晚，她都会仰望星空，想着康德的道德星空律——世界上有两件东西能够深深地震撼人们的心灵，一件是我们心中崇高的道德准则，另一件是我们头顶上灿烂的星空。爱因斯坦说，凡间把我拒之门外，我唯有在星空中寻找。

她忧伤又满意，忧伤是想着人类中最聪明的那些人穷其智力也只能够膜拜上帝出的谜，那她又何必再痴望这漫天星斗不知所谓呢。满意的是她看到了世上最美的星空，就算康德、爱因斯坦这种绝顶人物也无法站在青藏高原把星空看得更为璀璨明亮，她比她所认识的大多数人都幸福，如果直面星空是最大福祉的话。

但这星空实在太深奥了，每每看了一会儿她就开始头痛，她已经不能像童年那样为了美而天真地凝望，星空会引发她心里的困惑与迷茫，这让她头痛，思考超出自己智力范围的事物是一种叫人发疯的折磨。

她不能够。

她在这辆孤独而寒冷的车子里，回想着康德的道德星空律。

道德也是让她深为不解的事：生而有之吗？有其天然逻辑吗？如果打破本初强行排列组合会有什么样的恶果？会有天谴吗？是人力可以承受的吗？她能够承受吗？有罪之人继续存活下去是坚强面对，还

是所谓坚强面对往往只是厚颜无耻的表现？那从这个意义上来说，是否自杀才是最深刻的反省与谢罪，而未被现实击溃的苟活实在是一种违反天条的罪恶？自杀和苟活谁更勇敢，谁才是真正的怯懦？痛苦是能被化解的吗？时间扮演的角色又是什么？时间是上帝悲悯的抚慰之手试图解救人类，还是将痛楚由凶猛利那延伸为缓慢凌迟？它是尝试淡化至无痕，还是加长惩罚？每个人心里都星罗棋布，有着一幅道德戒律的图表吗？谁的心里画面更接近星空的正确示范？

星空，它到底是什么意思？是我们的痛苦让它变得有所指，还是它确确实实高深莫测，只被某些灵魂偶尔发觉？

它到底是什么意思？

她在塔钦遇见乔治，乔治是个美国老年文艺者，从巴基斯坦那边过来，他也是个仰望星空的痴人。他经常在隔壁的茶馆闲坐，学着电视机里的印度姑娘跳舞。老乔治很活泼，偶尔也很忧伤。他说他是德克萨斯的渔民，捕了大半辈子鱼，妻子病逝后他想要改变人生，就做起了背包客。听起来像是胡说，渔民怎么能够将中文讲得这么好？

老乔治说，巴基斯坦的星空是他见过的最美的星空。这让欧芹很生气，不可能，阿里的星空是最美的，这里海拔高，应该更接近上帝，不是吗？

老乔治想了想说，这个嘛还和空气有关系的吧。

阿里的空气也是最洁净的！

好吧，老乔治咧着嘴笑，其实我也不太分得出哪里的星空最漂

亮，都差不多都差不多。

差多了，欧芹在星空这个问题上很执着。

老乔治对星空小有研究，他运用自己有限的知识对欧芹说，我们现在看到的星空其实并不是真正的星空。

嗯？

它们中有一些已经不存在了，你知道吗？他们距离地球很远很远，以光年计，也就是当你看到的时候，很可能已经是十万光年前的景象了，事实上它不存在了，坠落了。

欧芹想了想才明白，我们现在看到的只是过去。

这个结论让她有悲哀之感。

老乔治是个好老头，还教会了欧芹看银河、北斗七星、大熊星座，欧芹总算把北斗七星的形态搞清楚了。

老乔治后来去了尼泊尔，欧芹心想，也许这个老头某一天会死在路上，像他这样孤家寡人再无牵挂，又时时酗酒，也许某一年某一天就醉倒在异乡街头再也起不来。其实这样的结局也不坏，谁说死在家里的床上才算完满呢？

老乔治离开塔钦时，欧芹正好在班车停靠处晒太阳。在塔钦无所事事，她就会随便找个有太阳有椅子的地方晒着。

乔治，我教你一句诗吧，落魄江湖载酒行。

老乔治不解，欧芹就把这七个字写在纸上送给他。

他似懂非懂高兴极了，欧芹想，他看到了酒字就觉得这是好话。

在路上行走的人,无论国籍无论性别无论年龄,无论他或她是什么样的人,来处来去处去,其实他们灵魂里总有一点点相通的地方,那就是对已知的厌倦,对未知的期待,走至最后,连期待也没有了,只是闭上眼睛。无处有家即处处为家。心安处,是吾乡。

她真的决意一个都不原谅

　　在车子上的那晚，她最后还是睡着了，看来人是很能够与环境妥协的。第二天一早，司机步行去有信号的地方打电话，叫来了修车行的人，倒霉的事情仍然在继续。修车人刚走，其他轮胎又相继告破，总之事情变得让人难以忍受，糟糕透顶，甚至有了些喜剧闹剧的意味。众人纷纷对这辆车子的修复能力失去信心，有一些徒步去札达了，大概还有七八公里的样子，有一些在路边等着搭其他的车。

　　欧芹选择了徒步，在札达土林里徒步这么远，实在是高估了自己的能力，而且前一阵在塔钦徒步，脚后跟磨出了好多血泡，每走一步都觉得痛，她想自己大概真的是想受一把虐，怎么辛苦就怎么做。

　　大部分人都搭到了顺风车，包括那帮老外。欧芹和两个素不相

我的他，我的她

识的去札达工作的基层干部一起步行，中途还迷了路。其中一个男人酷爱捡各种奇形怪状的石头，欧芹没有这么浪漫，也累到无心反抗了，捡吧捡吧。

她已经忘记疲惫是怎么一点点击垮她的了，只是觉得双脚揪心地疼着，总算知道人鱼公主走在刀尖是什么感觉了。

等她到了札达并在重庆宾馆安顿下来，发现师太和麻花辫就住在对面那一排。

可以负责地说，重庆宾馆的床铺是整个阿里地区最干净的，洁白崭新，就像自己家里的一样。老板娘姿色犹存，又腼腆又骄傲地说，我就是喜欢干干净净的。

同房的是个武汉姑娘，最先看到的是圣美的大包，半小时后才见到了本人。圣美身段窈窕，穿了件紫色外衣，戴一副藏式耳环，细长的单眼皮，头发在脑后挽了个髻，很爽朗干练。这样的姑娘扔在大城市的公司里是白领丽人，扔在荒原是资深野驴。

圣美抱了个西瓜，请欧芹一起吃，她们很投缘，马上就熟起来。圣美刚从东嘎看壁画回来，在这里已有两天了，一直想要搭车去古格，但顺风车实在太少了，偶尔有个把车也是直接从拉萨包车到阿里的。

不肯让你搭车？欧芹有些惊讶，圣美外表是很有说服力的。

女的不肯，圣美笑，男的倒是好说。

这才对嘛，欧芹也笑。

156

　　和圣美一起很愉快，圣美头脑清楚口齿伶俐，办事能力也强，这一点后来从她们合伙拼车的事上表现出来。

　　师太和麻花辫见过圣美后，就拉她一起拼车去古格，并对圣美和欧芹许以重任，你们俩年轻漂亮，肯定能够找着车的。

　　再年轻漂亮也不能变出辆车来啊，欧芹心想。

　　虽然希望渺茫，但找车还是当务之急，整个札达城也就一条百米长的街，有没有车只消往街上站站就知道了。拜托老板娘帮忙，老板娘打了几个电话后说，真不巧，皮卡车这两天都去塔钦了。

　　晚上，圣美打听到了一个极有价值的线索，便和欧芹商量着明天一早去邮局所长家，恳请帮忙出借那辆绿色小皮卡。

　　没想到这事还真的办成了，起先所长一口拒绝，毫无通融的余地。后来欧芹眼看着圣美一点点地把所长说得摇摇欲坠，半小时后，所长终于松了口，费用三百，下午四点前回来。

　　你这么舌灿莲花，做哪行的？出了门，欧芹好奇地问。

　　律师事务所，圣美笑了笑。

　　口才好还不是圣美唯一的优点，她办事很有风范，自掏腰包买了包烟给司机，和司机谈妥了碰头的时间地点。在回宾馆的路上，被一个法国人叫住，在欧芹回味着法国人到底讲什么时，圣美已经替法国人解决问题了，原来国际友人也是找车去古格的，真是赶巧了。

　　圣美捎上了法国人以及法国人的女朋友，还有同一家旅馆的澳洲人、泰国人，拼车小分队一下子壮大到了九个人，分摊的费用也

我的他，我的她

大为减少了。

一小时，圣美把所有事情都搞妥了。

从札达到古格有十八公里的路途，当古格王朝这堆气势恢宏的废墟出现时，欧芹被震住了。它镶嵌在巍峨的雅丹山体上，像一具被蚁虫蛀空但轮廓完好的巨兽尸骨，宛若一个惊天动地的秘密，语焉不详欲语还休。

看完古格壁画和王宫废墟后，老外和师太他们都在山顶聊天，圣美探古寻幽不知跑哪去了，欧芹就独自一人去寻找传说中的藏尸洞。

很不好找，经历了一番周折，才发现了那个离地两米的极小的洞穴，里面层层叠叠的都是千年干尸，衣物和碎骨烂在一起，血肉模糊，散发着特有的气味。是什么样的屠杀，使这个盛极一时的王朝在三百年前一夜成空？

欧芹孤单单地坐在洞口，有一种说不出的感觉，不知道自己在想什么，应该想什么，想要想什么，只是不远千里，坐在那里。历史的磅礴与悲壮让人呼吸困难，神智尽去，身处其间反而无心领略，更适合日后用回忆小心反刍，烈日之下，它的模样。

烈日之下，她的模样。

在阿里转悠了这么久，她已经晒得很黑，皮肤也是干干皱皱的，她很久没有照过镜子了，　长期在路上，难免颓废懒散，眼神

里散发出疲倦气息。

她很疲倦，也许应该回去了。

那天傍晚回札达后，麻花辫约圣美、欧芹一起去看土林，虽然土林随处可见，但专门去寻一处视野开阔的地方，仔细观赏土林落日仍然非常值得。

步行了很远，出了村庄过了桥，很长的桥，如同一段漫无边际的寂寞。她们三人没有一同走，相隔着几米，风吹来，听见圣美在唱歌，欧芹只听清了一句，达摩流浪，雕刻时光。

想要回头问圣美是什么歌，又懒得开口，就这么沉默着便很好。她们穿过了田亩间的小径，远远地走到象泉河边的一片宽广空地上。

圣美还想继续往前寻找更漂亮的土林。

麻花辫走累了，指着对岸那片气势磅礴的土林说，这里已经非常好了，非常好。

大家各自散开，在天地大而美的无言寂寞里，理应保持沉默，大家都是资深驴子，都有这个喜好，在被大自然深深感动时，与其分享，不如独自体会。

落日就这么缓缓地来了。

夕阳照耀在大片的淡黄色土林上，宛如替它们披上了金色衣裳，世界安安静静地展现着它们绝美的神迹。只有在黄昏时分，土林群落才会如此不同，而这个秘密只有天涯旅人才知晓。

它们伟岸地伫立着，似乎不知道自己有多美，或者这种美跟任何

人都无关。在远古时期，流水切割和风化侵蚀，造就了它们形成千奇百怪的模样。它们本是幽暗河床底下微妙的神谕，在地壳运动的漫长变迁里，它们于风沙里雕琢出了自己的灵魂，依着天地的心意生长成各式模样，城堡寺庙钟塔兽类，你觉得是什么便是什么，想象在这里可以从容安身。它们就像这个世界一样，整体信守着山盟海誓，局部幻化瞬息万变，不肯定不确切，充满怀疑，潜移默化。

离开札达是两天后，兵分两路，麻花辫和欧芹回狮泉河，圣美他们去塔钦。欧芹差一点也神经兮兮地再回塔钦，她总想在那里长久地住着，如同曾经那样，每天早睡早起游手好闲，和旅馆里的人下象棋，实在无事就搬个椅子坐在门口看对面的纳木纳尼雪山，夜晚在四周的吠声里仰望星空。

按熄了再回塔钦的念头，与圣美挥别。

麻花辫说要去新疆吃水果和羊肉串，她说，在西藏这些天可真把人馋坏了，想想看，西瓜葡萄提子石榴……正是时候啊，在新藏线上忍一忍，就可以到天堂海吃了。

欧芹在阿里汽车站抛硬币，正面去新疆，反面回拉萨，她抛出了正面，但没有遵守自己定下的规则，还是买了去拉萨的卧铺票。

在阿里的网吧给傅善祥写信：我要回去了，善祥，这一次走了很远的路，甚至超过了自己的预料，要问我这些日子以来有什么收获——你是不是以为我会说出什么了不起的话呢，笑，没有，我更迷惘了。维特根斯坦说，对于不可言说之物须保持沉默。

而我们头上的星空就是最大的不可说之物。

我仍然非常庆幸自己来到了阿里，看到了每一晚的星空。有人说，我们地上的每个人都能在夜空中找到一颗属于自己的星星，也就是说，天上人间是对称的。有时候我看着天上的星星，我会想：我在哪？你又在哪？我们是不是比邻而居，又或者我们可能就是同一颗星星呢！

每天都有星星在粉碎，地球上一个生命死掉，天上就会有一颗星星陨落。

你不知道阿里的星空有多美，可惜拍星空太困难了，我只能用眼睛记住它的璀璨，真希望你也在这里。

经由阿里小北线回拉萨，因为路上车子坏了，耽搁了许久，足足三天三夜才返回拉萨。欧芹满身疲倦，一句话也不想说，到拉萨已经是凌晨两点，打了辆出租车直奔青年旅馆。服务台小姐从睡梦中醒过来，挣扎着给她办理登记手续。

当她躺下来闭上眼睛时，她想，我快要回家了。

回家这个词语真奇怪，她其实是没有家的，虽然傅善祥说我所在的地方就是你的家，事实上难免有些牵强。

她没有家。

在很小的时候，她有家，欧芹的家，有爸爸有妈妈，标准的三口之家。忘了从什么时候开始一切都不对了，欧安德开始赌博，赌得天昏地暗日夜不分，工作自然也丢了。那时候单位还是很客气

的，领导亲自上门来找他谈心，给了好几次挽救他的机会。镇子很小，说是领导，其实也是住得很近的邻居。

欧安德每次都痛下决心说，再也不赌了，但无论他怎么诅咒发誓许诺，再赌就天打雷劈祖宗十八代不得安生，赌瘾还是从来不曾真正戒掉过，反反复复地发作。欧安德对自己也绝望了，家里的财产被他败光，连结婚时送给孙灵凤的戒指也偷了出来作赌本，自然又是输掉了。

生活的建设很缓慢，破坏却如此迅速，孙灵凤起先还有些纵容着，因为镇上赌博的男人并不只有欧安德，跟那帮烂赌鬼相比，欧安德甚至显得更沉稳可靠。在最开始的时候欧安德神秘地宣称他掌握了一门必胜的技术，得意地给孙灵凤描述未来的蓝图，说他们很快就要凭借着他在赌桌上的天分发家致富了，到时候两人都不用再上班了，没事就在家数钱玩吧。孙灵凤如果喜欢的话，就去城里买衣服，什么好看买什么，然后再给小芹上最好的学校。欧安德吹起牛来很诚恳，孙灵凤以为真的会有这样的好事。

当她发现家里定期存款的单子不见时很惊惶，把每个地方都翻遍了，欧安德不承认自己拿了，也不肯去报警，只是咬定孙灵凤藏在哪又给忘了。

孙灵凤在满地杂物里坐下来，发了半天呆，有那么一会儿她真的以为是自己犯的错误，眼泪哗哗地流下来。为了攒下那笔钱，全家吃了多少苦，原指望着那是这个家的根本所在，无论出什么意外灾难都能因为拥有那笔钱而不至于手足无措。

她盯着衣柜的第二个抽屉，反复地念叨着，我就是放在那里

的，在那件灰色毛衣的下面，就是那里。

欧安德不吭声，也没有安慰她，奇怪的是也没有责骂她，只是闷头吃晚饭。欧芹记得那晚他们吃的是清炒蒜苗、红烧豆腐、猪耳朵。

小不点欧芹慢慢地挪到孙灵凤面前，从背后搂住她的脖子，脸贴在她的头发上，轻声地喊着妈妈妈妈，妈妈不要哭，不要哭，妈妈再哭，小芹也要哭了。

孙灵凤把她拉到自己怀里。

欧芹盯着孙灵凤的泪眼，忽然就放声大哭。

母女俩哭作一团，这浩浩荡荡的阵势把欧安德吓住了，很久很久，他走到她们面前蹲下身来，用含糊不清的声音说，钱是我拿的。

孙灵凤还是听见了，她发出一声凄厉的尖叫声。

那晚是他们结婚以来第一次打架，彼此出手都挺狠，最后还是欧安德赢了，他扬手就是两个耳光把孙灵凤掀翻在地。这女人傻犟，明明打不过，还死不认输，他打完了要出去继续摸牌，可她又冲上来。他不记得自己是怎么出手的了，反正就是怎么狠怎么打，拳头就像暴雨般砸下去，孙灵凤如同一摊烂泥倒在地上，小不点欧芹一把鼻涕一把眼泪地趴在上面哭。

有几个邻居听到了动静，趴在窗上看，一副跃跃欲试想进来劝架的样子，其实不过是看热闹罢了。欧安德走进卧室，对着衣橱上的镜子整理了下头发和衣服。室内光线昏暗，他看不太清自己脸上的表情。在很久很久以后，他想，就是从那天开始，他彻底变成一

个坏男人的吧，一个他所不认识的陌生人。

在此之前，他们的婚姻很是不赖，孙灵凤就像她的名字一样，长得水灵灵的，而他在镇上也小有名气，身材挺拔浓眉大眼，单位里经常有女人想要勾搭他。走在街上，他们这对夫妻总是会收获不少注目礼。他们很恩爱，每天黄昏都会出去散步。他们的日子宁静和美，连讨厌的亲戚都没有。孙灵凤在镇上的卫生院里做护士，她穿白大褂的时候有一种清新的美。工作不忙时，她还会在卫生院里给欧安德打毛衣，后来有了欧芹就织手套帽子之类的，她坐在阳光里，树荫淡墨色，她脸上有圣母般的温柔。

是谁说，一切和合事物皆是无常？是谁说，万事万物都会变？

在婚姻最美好的阶段过去后，他们都从天堂掉入了地狱，孙灵凤还没有反应过来已经泥足深陷万劫不复。她没有办法把一个红眼的赌徒再变回原来的丈夫，只能眼睁睁看着事情越来越坏越来越坏。她哭过闹过，也扬言出走，给他一次机会又一次，再一次，最后一次，统统没用，无论他发的誓言多么恶毒，只要一转身马上又四处筹钱烂赌一场。

不输光不回家，而回家意味着他又要重新搜刮。周围的亲友都被他借遍了，孙灵凤起先还跟在后面还，后来家底全败光了，她只能挨家挨户去说，别借别借，谁借给他我也不管了。其实不用她说，他也在熟人圈里借不到一个子儿了，他的生活中除了赌友外，一个朋友也没有了。

　　有人悄悄地给她出主意，叫她拿离婚来要挟，她也这样做了。那天他们谈得非常认真非常严肃，彼此都认识到这真的是这个家庭最后的机会了，要么重建，要么瓦解。

　　她凄楚地看着他的眼睛。

　　为了表示自己痛改前非的决心，他冲进厨房，举起菜刀，切掉了左手小拇指的一小段。她被这突然其来的血腥场面给骇住了，惊恐地上前抓住他的手，两人抱头痛哭。

　　他们都以为这样恐怖的事件之后，生活会恢复到原来的模样，可惜当魔鬼一旦出现在你的生活里，你很难赶走它，除非你有过人的意志力，吸毒如此，赌博如此，酗酒如此。

　　显然欧安德的意志力不够强，在他远离赌博三个月后终于又跟着魔鬼的影子去了，这一次他再也不会回头了。

　　在牌桌上有人嘲笑他的断指事件，他洒脱得很，把手掌摊开来给众人看。问他疼不疼，他说，当然疼了，十指连心的嘛。问他后悔不后悔，他笑，慢条斯理地说，反正后悔也没有用。连潜台词都是模棱两可的，当然后悔啊，但后悔没用的话，就不用后悔了。

　　那节断指本来想扔掉，不过孙灵凤觉得不应该扔，她胡乱地把它用纱布包起来塞在某个药盒里，第二天从卫生院里搞了点福尔马林回来，把断指丢进去，将瓶子塞在杂物柜里。

　　她本以为自己在处理一场噩梦的残留物，哪知道没多久，她就重新把它拿出来，砸向欧安德。她绝望地大喊，我算是明白了，你就算把十根指头全切完，都不会好了！

欧安德已经不再是过去那个人了，使用过暴力的人会永远记得暴力的威力，他再一次狠揍孙灵凤，抓起她的头发往墙上撞，把他输钱的怒气全撒在她身上。这个女人像是完全没有智商的，那么疼，却也不讨饶不屈服，只知道和他继续对抗，她真笨得可以，女人怎么可能在体力上赢男人？欧安德又一次把她打得奄奄一息，然后去翻她的钱包。

孙灵凤的脸贴在水泥地上，很凉。欧芹跌跌撞撞地跑向她，摸着她脸上的血，哭得很小声很小声，似乎知道哭得太大声了会惹欧安德不高兴。

小芹，不要怕，孙灵凤拉着她的手。

小芹不怕，妈妈也不要怕。

事情反反复复，欧安德并没有变得再坏，甚至有时他还有变好的趋势，差一点就重新做回那个已经远去的好人了。他游手好闲着，抽点烟喝点酒，和镇上的两个寡妇保持着不清不楚的关系。孙灵凤冷笑着，也好，现在就有三个女人一起养他了，我也不用那么累了，改天要好好谢谢这两位姐姐去。

欧安德有时不回家，在寡妇家里过得也很如意。一个寡妇姓郑，颇有几分姿色，男人前几年病死了，一直想改嫁，一时没有挑到合适的就暂且先和欧安德搭上了。郑寡妇还以为自己做得瞒天过海，天知地知你知我知，其实全镇人民都知道。郑寡妇有点小钱，为人也算大方，平时打个赏什么的也不在话下，她的观点是只要欧

安德不吸毒不嫖娼，那就还算是好同志。

　　另一个寡妇人称王姨，四十多岁了，皮肤垮掉了，原也是欧安德的赌友，赢了欧安德不少钱，从技术上给予了他不少指点。王姨的麻将水平是全镇排得上号的，能像赌神一样摸出手里的牌是什么，手腕一翻，喝一声自摸，牌一亮相，果然中奖。

　　欧安德跟王姨好上后，麻将水平确实也精进了不少。王姨做事很有分寸，她的赌瘾没有欧安德厉害。她有个远房侄子在念大学，她自己没有子女，把侄子当成儿子来对待，学费生活费全由她负担。也因为这样，王姨对欧安德一直没有掏心挖肺，甚至还会跑来劝慰孙灵凤，你家欧安德没少让你烦心吧，男人嘛，忍一忍，劝他做点小生意吧，老这样晃荡着也不是个事儿。

　　她倒看起来像正房大奶。

　　后来欧安德真的听从了王姨的建议，开了家录像带出租店，很快就赔钱关掉了。欧安德不是做生意的料，他也不喜欢整天待在店里等生意的感觉。

　　在欧芹十三岁的时候，孙灵凤正式提出了离婚。

　　欧安德死活不答应，孙灵凤说，何必还赖着我呢，你跟王姨和姓郑的女人都这么久了，多多少少也得给人家一个交代吧。

　　小芹才十三岁。

　　小芹跟你有什么关系吗？你尽过做父亲的责任？孙灵凤冷笑着，你从现在开始要回家好好做父亲了？

欧安德不语。

隔了半晌他问，你为什么突然要离婚，有什么原因？

原因？孙灵凤大笑起来，欧安德啊，你还真的很幽默，离婚的原因你真要听吗？我怕我要讲上很久呢。

欧安德死死地盯着孙灵凤的眼睛，别人都说你跟新来的赵医生好上了。

放屁，孙灵凤霍的一声站起来，欧安德，我不像你那么不要脸，你做的事情你自己清楚，你听明白了，我要跟你离婚和任何人都没有关系！

孙灵凤的话半真半假，她要跟欧安德离婚确实有一些赵新光的因素，但她和赵新光也确实是清白的，甚至于赵新光都不知道自己成为孙灵凤离婚的动力。

她本来打算继续这样活下去。

是的，她的婚姻已经死掉了，她在这没有指望的地狱般的婚姻里日复一日年复一年。从某种程度上说，她已经习惯于那个被侮辱与被伤害的角色了，人们都默默地怜悯她同情她，就像当年默默地羡慕她嫉妒她。这些眼神的打量是如此安静持久无处不在，她没有像祥林嫂那样四处哭诉，欧安德又去赌了又输钱了，又不回家了又跟寡妇睡觉去了，而且还是两个。

不用她说，这个镇是那么的小，发生一点鸡毛蒜皮的事情很快就全镇人民都了如指掌了。

她的婚姻名存实亡许多年，家里经常是她和欧芹两个人。有时

候欧安德躺在床上，她都会觉得奇怪，这个人病了？

他真要病了死了倒好了，她会哀哀戚戚给他送终，抹着眼泪原谅他所有的错，嘴里悲鸣着，欧安德你醒醒啊，你要是醒来我就再不和你闹了，你想怎么过就怎么过。你喜欢赌，我就供着你……

死后怎么想，那完全是另一回事。

她没办法原谅活着的欧安德，每次看到他都会想：这么罪孽深重的人怎么能毫无廉耻地活下去？他真的没有一点点尊严了吗？半夜醒来不会对自己可悲的人生进行一丝半点的反省？

她本来打算继续这桩连仇恨都被岁月侵蚀得模糊婚姻，如果赵新光不出现的话。

赵新光三十五岁，妻子六年前死于一场车祸，他是年前才从另外一个镇调过来的外科大夫。卫生院很小，一共也就三幢楼，如果孙灵凤愿意的话，她每天都会遇见赵新光，她很愿意。

赵新光业务能力强，为人谦和稳重，与周围的女人都保持相当距离。赵新光住在卫生院的宿舍里，有时候中午休息就搬了藤椅坐门口看书，穿着半旧不新的深色毛衣。

赵新光刚来卫生院不久，就有人打听了他的情况，给他张罗着做媒，连院长太太也出动了。那帮中年妇女整天闲着没事，瞅着有人单身就想撮合成姻缘，她们不管自己的婚姻好不好，都见不得有人落单在外。赵新光被逼着相过几次亲，全是无法拒绝的好意。有一回院长太太把自己一个做会计工作的远房亲戚介绍给了赵新光。

赵新光去院长家吃饭，进门才知道自己被设进局里了。那姑娘

169

长得中等姿色，不好也不坏。赵新光非常抱歉，私下里一个劲儿向
院长太太说，实在忘不了亡妻，他们以前是非常非常恩爱的。

女人们都被感动了，认定赵新光是个世上罕见的好男人，也小
心地不再来干扰他对亡妻的思念。

她们没想到赵新光会那么快就和孙灵凤勾搭上，谁都拿不出真
实的把柄。这两个人真是偷情的一把好手，也不单独约会，也不眉
来眼去，各自都装得正正经经的，但很快整个卫生院都知道他们之
间有一腿，苦无证据，只好偷偷地把流言散布出去。

两人也风闻了一些，此后更是避嫌，越回避越脱不了干系，要
真没有暧昧关系，心虚什么？当然了，倘若在这种氛围下还敢落人
口实，那就更加恬不知耻了。

也不知道怎么两人的名字就扯在了一起，人人都相信无风不起
浪，个个都讲不出第一个声张此事的是谁。因为流言全是浮在空气
中的，所以更是没处辩解。孙灵凤不打算辩解，她的心底有一些苦
涩的欢喜，她知道别人说的是子虚乌有之事，但关于她的那一部分
是真的，她确实喜欢赵新光，有谁会不喜欢他呢？

她完全能够想象和他一起生活会有多么幸福，然而这些幸福跟
她没有什么关系。

有一晚值夜班，看着赵新光寝室里的灯还亮着，她也不知道那
晚怎么就浑身长了四个胆子似的，敲响了赵新光的门。

他还是在看书，他的生活朴素而简单，除了上班就是看书。

他很吃惊。

她是来向赵新光说对不起的，这事变得如此诡异，但没有人需要说对不起，这不是她的错，也不是他的错，只是无聊的人编派出来的罢了。

她却来说对不起，这显然是接近他的一个借口，她自己清楚，他似乎也有些明了。

他给她泡了杯茶，因为心慌的缘故，热水倒得太多，溢在了桌子上。

他把茶杯放在她面前，这是新茶，喝喝看。

她低头就喝，被烫了一下。

此后她经常在值夜班时去找赵新光，虽是流言促成了他们的接近，但在所有人眼里，时间顺序是他们在一起才惹出了流言，之后的行为是论证了流言的真实性。

事情就这么一发不可收拾，他们都觉得没有到破坏伦理道德的出轨地步，还蛮人正不怕影子歪的——除了他们自己，没有人这样想。

在她提出离婚时，欧安德又把她揍了好几次，欧安德在多次使用家庭暴力后，也掌握出窍门了，尽量避免打脸脖子手臂这些会被外人看到的地方，他总是使劲拿脚踢她的腹部和腿部，有一回还用上了皮带，挺过瘾。

因为赵新光的事，他觉得自己对孙灵凤无论做什么都不过分，都是维护自己的权益，都是严惩淫妇的正当行为。

赵新光那里他倒不去惹，他琢磨着还不到彻底崩盘的时候，不

能把他们逼得狗急跳墙，而且，他有一些惧怕赵新光这种知识分子，他吃不定像赵新光这种人面对质问会是什么反应。

因为挨打的全是隐秘部位，所以孙灵凤也假装没有暴力这回事，她是要面子的人，尤其是喜欢上赵新光后，她每天都打扮得整洁端庄，完全不像被打时那么狼狈可怜披头散发。

其实她也不是一味挨打的，在多次暴力较量中，她偶尔也会狠劲发作赢那么两三次，或者手边正好有称手的工具，菜刀剪刀之类的。自从那年自断其指后，赵新光特别害怕这些利器，往往慑于锋芒就骂骂咧咧地收工走人了。

欧芹十五岁那年，孙灵凤和赵新光终于在暧昧了两年后，彻底成了情人关系，离婚也变成迫在眉睫必须解决之事。

赵新光平日斯斯文文，倒也是个有种的人，专门去找欧安德谈了一次，说自己已经和孙灵凤在一起了，希望欧安德念在与灵凤多年夫妻分上，放她一马，还承诺会好好对灵凤和小芹，也会补偿一笔费用给欧安德。

他显然是考虑成熟的，方方面面都想到了，还说如果欧安德对这样的安排不满意的话，他和灵凤会带着小芹去其他地方生活。

赵新光真是一个无可挑剔的好男人，欧安德听着这样掏心挖肺的话差点被感动了，他大大吁了口气，站起身来拍了拍赵新光的肩膀，眼睛里含着闪烁的泪光，哽咽着，然后他掉头走了。

走出这个门的时候，欧安德有两条路。

能把他们逼得狗急跳墙，而且，他有一些惧怕赵新光这种知识分子，他吃不定像赵新光这种人面对质问会是什么反应。

能把他们逼得狗急跳墙，而且，他有一些惧怕赵新光这种知识分子，他吃不定像赵新光这种人面对质问会是什么反应。

因为挨打的全是隐秘部位，所以孙灵凤也假装没有暴力这回事，她是要面子的人，尤其是喜欢上赵新光后，她每天都打扮得整洁端庄，完全不像被打时那么狼狈可怜披头散发。

其实她也不是一味挨打的，在多次暴力较量中，她偶尔也会狠劲发作赢那么两三次，或者手边正好有称手的工具，菜刀剪刀之类的。自从那年自断其指后，赵新光特别害怕这些利器，往往慑于锋芒就骂骂咧咧地收工走人了。

欧芹十五岁那年，孙灵凤和赵新光终于在暧昧了两年后，彻底成了情人关系，离婚也变成迫在眉睫必须解决之事。

赵新光平日斯斯文文，倒也是个有种的人，专门去找欧安德谈了一次，说自己已经和孙灵凤在一起了，希望欧安德念在与灵凤多年夫妻分上，放她一马，还承诺会好好对灵凤和小芹，也会补偿一笔费用给欧安德。

他显然是考虑成熟的，方方面面都想到了，还说如果欧安德对这样的安排不满意的话，他和灵凤会带着小芹去其他地方生活。

赵新光真是一个无可挑剔的好男人，欧安德听着这样掏心挖肺的话差点被感动了，他大大吁了口气，站起身来拍了拍赵新光的肩膀，眼睛里含着闪烁的泪光，哽咽着，然后他掉头走了。

走出这个门的时候，欧安德有两条路。

一条是他接受赵新光的建议，而且冲着他的诚恳，还可以争取到更好的离婚条件。赵新光真是个好男人哪，他是认认真真想要和孙灵凤这个半老徐娘在一起的，也不嫌弃欧芹这个拖油瓶。欧安德实在很清楚，跟了赵新光，她们娘俩儿就是掉进蜜罐子里了。自己为难了她们这么多年，临到中年，也应该做回好人放过她们了，欧安德打心眼里希望自己能够这样伟大豁达。

但他选择了另一条路，这是一条不归路，他也不知道自己为什么会走上这条路。说真的，他挺替自己难过的，也替孙灵凤、赵新光包括小芹感到深深的遗憾。

他们本来是可以幸福的。

幸福是什么啊，自己也曾经幸福过吧，年轻的时候，在众人的起哄里追到了孙灵凤。她的初恋也是他，他们一起摸索着爱情的模样，不能想象假如没有对方日子应该如何过。他们果然像彼此期望的那样结婚了，曾经以为只要找对了人，这一生都不会再变了。

没错，他确实和别的女人在一起。没错，他狠狠地伤害过孙灵凤，但这一切对他来说只是生活本身的折磨。如今在失去孙灵凤时，他突然听到那颗陈旧的心从深海处跳了出来，它上面仍然刻着孙灵凤的名字。

她没有十八岁时那么美了，也不像二十八岁时风姿绰约，她已经三十八岁了，她把一生中最好的青春给了他，他也是，他们的过去血浓于水，无法分开。

谁也不能够从他身上将她强行割开，他们的骨头早就长在一

起了。

那晚全镇停电，孙灵凤在桌上点了蜡烛，正和欧芹一起吃饭，见到欧安德推门进来时怔了怔，她知道赵新光去找欧安德摊牌了。

她想过了，无论欧安德答应不答应，她都是要走的了。最坏的结果就是连离婚都不要了，带着欧芹走得干干净净，她凄楚又决绝地对赵新光说，实在不行，我们就远走高飞，我就不信天大地大没有地方能够容得下我们。

赵新光坚持要认真妥当地结束掉这件事，他不想一辈子都活在夺人妻女的罪名里，他也不想以后带着阴影生活。

他相信欧安德是有商量余地的，在以前满世界流言时他都没有来找自己问罪，要么是怯懦要么就是不在乎，像他这样的烂人，脑袋里的逻辑总是跟正常人不一样的。但赵新光是正常人，所以他要用合法手段解决。

欧安德也认为自己是个烂人。

他也不明白自己怎么会渐渐地变成现在这副模样，曾经他在单位里干得很不错，有一阵子差点被提拔了，如果一直干下去，兴许现在也有点名堂了。

他也不明白为什么和孙灵凤的婚姻搞得这么一塌糊涂，他和郑寡妇、王姨以及其他一些女人厮混，使她伤透了心，可她把他的心伤得更透，他从来都是逢场作戏，而她却是认真的。

她竟然如此认真地要斩断与他的关系。

欧安德坐下来问孙灵凤，家里还有酒吗？

没有了。

烧菜的黄酒总还有些吧，他自言自语，站起身来摸向厨房，一一打开瓶瓶罐罐，凭着嗅觉拎出了半瓶黄酒。

喝一杯吧，他给孙灵凤也满上了。

孙灵凤有一些揪心，不晓得接下来会面对什么样的场面，便叫欧芹再点根蜡烛，回房睡觉去。

欧芹十五岁了，她很聪明，默默洞悉一切，隔着薄薄的门板，欧安德的声音很低沉，零零碎碎地飘来一些些，好像他在哀求着什么，充满了奇异的感伤，偶尔听到孙灵凤坚决而清亮的否决声，不，不可能。

欧芹慢慢地走回床边倒下去，她抓起被子埋住了头，那晚她就是这样睡着的。她不想过问成人世界的事，他们离婚也好，继续生活也好，她都不想管。反正没有人来问她的意见，这个家早就分崩离析了，欧安德没有尽过做父亲的职责，而孙灵凤也好不到哪里去。从来没有人关心她需要什么，她在学校里历来都没有朋友。她虽然脑子好，但对于读书并不用心，为什么要念好书呢？她不觉得有太大意义，反正等她成年后就要离开这个家这个镇，离开这一切，离开了要到哪里去，她没有想好，重要的就是离开。

她的父母是一对荒谬的夫妻，早就应该分开了，她在心里默默地想。

凌晨三点，她被惊醒了，门外灯火通明，电不知什么时候来了。

人声鼎沸，场面出奇地热闹，好像周围的邻居都嗅出了这里有

什么好事，蓬头垢面地赶了过来，她被隔壁家的三嫂叫醒，茫然地套上衣服，趿着拖鞋跟出去。

那天她穿的是一件淡蓝色的V领毛衣，脑后随意扎了个马尾，虽然凌晨被吵醒，仍然青春可爱，亭亭玉立。

三个警察坐在她家客厅，表情严峻，带有沉思的意味看着她。

邻居们挤在靠门的那个地方，慑于警察的威严不敢走得太近，又生怕自己错过了什么了不起的细节，争先恐后地占据最好的位置。三嫂显然很得意于自己在关键时候的作用，她仰着头，用眼光环顾四周。

欧芹慢慢向父母的卧室靠近了几步，然后就有警察过来制止她。

她打了一个哆嗦。

那晚有三个警察，一个胖的一个瘦的，还有一个不胖不瘦的，他们相互推搡着，谁也不想先对她陈述案情，后来那个胖警察受不了了，三言两语，匆匆把大概经过告诉了她。

胖警察扶着她，压低了声音，好像生怕她随时会晕倒。三嫂叮嘱过警察，说欧芹有癔症，很容易受刺激晕倒的。

她忍住了。

周围无数双眼睛在等待她晕倒在地或号啕大哭或发疯尖叫，等待她做出人生中最凄厉的反应，等待她撕心裂肺泣不成声。

她都没有。

她推开胖警察的手，将身体靠在墙壁上，背后的挂历发出了悉悉索索的声响，那是1999年6月25日。

她没有去监狱看望过欧安德，那晚他主动打电话投案自首，所

以只判了十五年有期徒刑。孙灵凤死了，是被勒死的，他下手很快，完全没有给她任何机会，非常突然地把双手拢了上去。

她一次也没有去看望过欧安德，在她的心灵法庭上，他已经死掉了，在1999年那个停电的夏夜，死掉了。

赵新光来找过她几次，他挺虚伪的，假惺惺地对着她说，是他害死了孙灵凤，倘若不是他一意孤行要她离婚，她本来也不会死的。

他哭得不成人形，好像诉苦的对象只剩下她了。

赵新光哭完后，提出了一个听起来很不错的想法，他说他要领养欧芹，供她读书，照顾她。

我不需要，欧芹冷冷地说，我讨厌施舍。

这不是施舍啊，赵新光急急地说。

表面上看起来是你在施舍我，其实赵新光，你是希望我施舍你呢，欧芹唇角上扬，略带残忍地说。

赵新光傻在那里，欧芹，你在说什么？

听不懂了吗？欧芹双手搭在桌上，无意识地轻轻敲打着，你自知有罪，如果不做点什么来补偿，余生的日子将不得安宁，而我就是唯一能够解救你的人，一个可怜的孤女，无依无靠，你只不过想通过领养我来洗涤自己的罪恶感罢了。对不起，赵新光，我不想施舍你，也不想给你救赎的机会。对我妈妈我爸爸，还有你，对于你们这些大人，我一个也不同情，也不悲悯，更不会原谅，我不原谅。

赵新光彻底被震惊了，他没有想到这个清秀的少女会说出如此冷酷的话，这实在与她的外表极不相符。孙灵凤曾经说，她的女儿

文静又乖巧，但她怎么会如此可怕?

她真可怕。

她似乎在自己身边织好了一张细密的网，拒绝任何人善良的双手，她像一朵扎手的野玫瑰，危险地开在陡峭无人的悬崖边。

赵新光挣扎着站起身，跌跌撞撞地离开了，他很快就办好了调职手续，离开了这个长满青苔的哀伤小镇。

每年清明他都会去孙灵凤的坟前祭拜，他会逗留许久，有意无意地想等着欧芹出现。真是一个没心没肺自私的姑娘，这么多年了，她一次也没有来过。孙灵凤坟前摆放过的花卉痕迹全是他留下的，他也问过墓场管理人员，26排左3的位置，除了他再没有人来过。每年的费用都是他缴纳的，看来她真的决意一个都不原谅。

费尽心思查探她的下落，得知她最后去了一个远房亲戚那里，读完了三年高中，然后以相当不错的成绩考上了省内一所大学。

赵新光很宽慰，以为她就此扭转了自己的人生，顺利过上了风平浪静的生活。很快又传来了令人吃惊的消息，说她离开了学校，并非经济的问题，当年她卖掉了房子，得到了一笔为数不少的钱，像她这样聪明的女孩，肯定会为自己的将来做好打算。

她就这么离开了，下落不明。

没有人看着你的时候你是谁

　　欧芹确实一度想要成为那个下落不明的人，她迷恋失踪这个词，觉得反正这个世界也跟自己没什么关系，既不需要对谁负责，也不需要谁对她负责，失踪就是最大的自由——但是，既然自己已经得到了最彻底的自由，那么也就无须用失踪这一行为来证明了。想透了这一点，又何必执着于是否要变成个不知去向的人呢？

　　她没有在拉萨逗留太久，本想和耽美见一面，走吧里的服务生说耽美去江孜了，然后去张生的画廊，他也不在，不知他们是大路朝天各走一边，还是结伴旅行。

　　拉萨还有个把相识的人，不过与他们联络似无必要。

　　没有耽美和张生的拉萨一下子就变得陌生起来，她坐三轮车去德吉路上的火车票代售点买了张第二天的车票，硬卧下铺，还在边上的杂货店里买了根雪糕，从药王山那边慢慢走回北京路。

　　最后的晚餐是一个人吃的，那家临街的藏式餐馆一直是她的心头好，她喜欢坐在一楼靠窗的位置，叫份三文鱼比萨、罗宋汤，以及一份藏式酸奶，再要杯冰水，里面放片薄如蝉翼的柠檬。当它们整整齐齐放在她面前时，她就觉得这个世界完整而美好，这种愚蠢而可耻的日子还能够勉强过下去，杀死自己的决心被暂时地搁置了起来。

　　之所以喜欢这家藏式餐馆，还因为它角落里那只放有三排书籍的书柜，轻轻打开玻璃门，想看什么随便拿，大多是旅行书，也有些传记和哲学书，由此可以看出餐馆的老板小有品味。在用餐的过程中，欧芹翻完了一本尼泊尔的游记，以及葛丽泰·嘉宝的传记。

　　在女演员里，她喜欢葛丽泰·嘉宝和阿佳妮，最天才的演员是人戏不分的，剧中人就是她们生活的一部分。

　　嘉宝是一种单薄险峻万籁俱寂的美，在沉默里绝望着，好似向世人揭示了所有残酷的真相，最后每个人都是一个人，孤独是无法摆脱生而有之的。每个人都看着嘉宝站在悬崖上，谁也救不了她，因为站在那里的，其实也就是自己，而且是那个在意想之中已经达到完美境界的自己，完美尚如此，何况破碎的真实。

　　嘉宝的毁灭是死于沉默的凌迟，阿佳妮则是灵魂被瞬间撕裂的惊心动魄。她每一寸痛楚都发出彻骨的裂帛声，她的毁灭是决意如此无可挽回的，连她自己都花光狠劲毫不吝啬，她所有的魅力都在于摧毁时那种令天地动容诸神变色的崩塌。嘉宝独自站在悬崖上，临风伫立，而阿佳妮选择纵身跃入无底深渊。

　　她们用两种不同方式论证了情感的绝境，也道清了这个世界是何等的哀鸿遍野，无以为继。

　　夜晚的八廓街冷清而安静，欧芹走到大昭寺门口看了会儿，她试图记住这座藏地最尊贵寺庙的轮廓，大概不会再回这里了，她的旅行结束了，很多事情都随之结束了。

　　回旅馆时经过雪域餐馆，还买了两块蛋糕，这里的蛋糕九点后打五折，不过很多人不知道，这就像一个小小的欢喜的秘密。曾经耽美带她过来，说最喜欢吃酸奶蛋糕，无论吃多少次都不厌。

　　欧芹亦然。

　　她喜欢耽美，喜欢一个人的时候会不知不觉染上她的习惯，与她有关，便是好的。可惜没有机会和耽美说再见了。

　　她买了两块酸奶蛋糕，吃掉了自己那块后，又把耽美那块默默地吃掉了。

　　在旅馆门口的商铺买了瓶拉萨啤酒，独自一人坐在旅馆空荡荡黑沉沉的院子里，仰望着这满天星空，将手举起，敬这个离别的夜晚。一只猫走过来，低低唤了一声，不知何故，就此伏在她脚边睡了。

　　两天后，傅善祥见到了阔别已久的欧芹，她从离人变成了归客。
　　傅善祥的第一句话是，你又黑又丑！
　　欧芹笑着抱抱她，可你仍然爱我。
　　热泪盈眶的是傅善祥，欧芹挺平静的，她对傅善祥留给她的

房间很满意，床很大，衣柜里挂着她往昔留在学校里的衣服，书架上放着属于她的很多小东西，书啦CD啦，还有那只很丑的黑猩猩玩偶。

欧芹右手在那些衣服上滑了一遍，笑着说，我都不想再穿了，改天寄到藏区去。

她的手指在其中一件淡紫色裙子上停了下来，她是穿这条裙子和韩先楚进行第一次约会的。

韩先楚，这个名字完好无损地从记忆里浮了起来，她的心一阵疼痛。她走到阳台上去，背靠着银灰色栏杆，笑盈盈地看着傅善祥，我最喜欢这个阳台了。

傅善祥倚着门笑，我知道。

她们久别重逢未感疏远，似乎并没有空间和时间的阻隔存在过，关于彼此的成长是如此合乎情理，她们生来就是长在一起的，连身形都相仿，衣服可以交换着穿，鞋子也都是三十六码的。

两人都对做饭不太在行，傅善祥是真的不行，而欧芹则认为做饭是一件太过简单的事，以至于没有学习的必要。既然一个低智商的女人都能够掌握其诀窍，那做饭就不值得付出努力。她们一拍即合，除了做简单的水果沙拉和煮粥外，其余都去附近的饭馆解决。

她们一起去看画展、听音乐会、看昆曲，看昆曲的地方在小巷深处，须得在迷宫里徘徊好一阵子，偶尔也会去旱冰馆溜冰，就像读书时那样。

　　她们做的最多的事情就是窝在沙发里看电影，看书是只能一个人进行的事，而电影可以两个人分享，为了这份亲密感，她们不分昼夜地看电影。

　　傅善祥真的找到了欧芹曾经拜托她寻找的那张碟，阿根廷导演路易斯·普恩佐的《妓女与鲸鱼》。很漂亮的双线索结构：一个是患上乳腺癌后，独自去医院进行切除半边乳房手术的作家贝拉；另一个是被爱人卖掉的妓女洛拉，在爱人回来赎她时，她从飞机上跳入了大海。

　　贝拉说，没有人看着你的时候你是谁？

　　洛拉说，我自由不是因为你给我自由，而是因为我天生就是自由的。

　　你以前为什么不先看一遍？屏幕上打出The end时，欧芹问。

　　我想你终有一天会回来，就像现在这样，我们可以一起看。

　　欧芹将头枕在傅善祥腿上，看着天花板说，之所以想看这张碟，是因为我在西宁认识了一个女人伊莎贝拉，有一晚她把我的手放在她的胸口，她就是电影里的贝拉。

　　欧芹，你觉得失去乳房意味着什么？傅善祥轻轻抚摸她的头发。

　　失去乳房对于女人来说不仅是身体的残缺，而是当你试图想知道是什么在伤害你时，你找不出任何理由，那种神秘的力量不会给你解释，你会被这种天谴的无常惊到，你没办法解释自己的伤口，于是这个谜底吞噬掉苟延残喘的你。

　　什么能够伤害到我们？

欧芹笑了，你拥有什么？

我想想看，至少我有你啊，你看，我们在一起。

那我就能够伤害到你，欧芹坐起身来，趿着拖鞋倒了两杯水端过来，我们没有的东西并不能构成真正的伤害，已失去永远比得不到破坏力大，你一旦认为你拥有什么时，就陷入了不自知的危险。善祥，你知道吗？我看到那些恩爱的夫妻时总是立刻看到了伤害，也许他们能够相濡以沫撑过此生，彼此不背叛，但其中一个死掉的时候，伤害就不可避免了。看到母亲炫耀自己的孩子时，我首先想到的是完了，她已经将他作为余生的寄托，当他出了什么纰漏，她的世界也会随之毁掉，我们的世界是不牢固的，因为……她盘腿坐在沙发上，喝了口水。

傅善祥看着她。

因为情感构成了我们拥有的这个世界——构成世界的永远是情感，不是物质，你同意吗？

傅善祥想了想，同意，物质并没有什么用处，在心灵世界里物质提供不了任何帮助，有形的具体物件，无法抵达微妙幽深的抽象情感里。

当你承认这个世界是由情感构成的，你就不可避免要被伤害。这些情感并不由你控制，它的开关不在你手里，当你付出的时候，妄图使这个世界更美好，结果往往是你把自己的命运交给了对方，你爱你的父母，然后他们会死去，他们用死亡伤害你。不，不要说他们也不想这样，事实上他们已经这样。你爱你的男友，他什么都好，但没有用，越相爱越伤得深，他随时具有杀死你的能力。他有

许多种办法，把你交给他的心撕个粉碎。你爱你的朋友，他们利用你欺骗你，在你面前极尽赞美，转身却同别人尽情诋毁你。友情很容易是个假象，友情如此势利现实，嫉妒横行，人人都祝福你过得好，但永远有一个界限，即你不能比她更好，假如你在她之下，那么你们的友谊就可以天长地久，友情比爱情更需要这种火候适当的平衡感。

不，你不能这样，傅善祥震惊极了。

欧芹转过头，怎样？

你不能把所有的都否定了，有洞见固然好，但看穿人事你又如何快乐？你一点快乐也不会有。欧芹，看着我，你要相信我，就算所有人都不值得信任，都做假，都戴着面具，但我对你的感情是真的，我是认认真真祝福你，希望你过得好，比我要好，傅善祥含着泪。她其实不想这样煽情的，可她控制不了自己的情绪，她充满了悲伤。

良久，欧芹拉起她的手，贴在自己脸上，傻瓜，我当然知道，我们本来就是同一个人，我们是一样的。

然后？

嗯？欧芹扬了下眉。

傅善祥在泪光中笑了起来，我现在也变得神经兮兮的了，和你说话总觉得最后不会有温善的话来结尾，好像你总要说一些决绝的话来收场似的。

欧芹也笑，好吧，成全你，然后呢，然后当我们是一个人的时候，这更危险，弗洛伊德说人有生的本能和死的本能。我们一个

想坚强活下去，一个想勇敢地去死，我们意见不一大打出手，谁也赢不了。

她抬起头来想了想，也许结果是如行尸走兽，用活的方式实现死，只有在活的时候，死才是一桩值得探讨的事，不是么?

这样的谈话太可怕了，傅善祥倒抽了一口冷气。

啊，傻瓜，欧芹把杯子放在桌上，一个人还愿意把死亡拿出来讲的时候，那么他就是安全的，至少暂时安全，这意味着他在用言语的手段释放一部分危险的因子。当他什么都不讲的时候最可怕，说明除了去行动之外再没有救赎的可能了。

不管如何，这样的话题都让我发疯。

有没有看过一部叫做《断了线的女孩》的电影? 你会喜欢的，是说一群在疯人院的女孩。其实善祥，你知道，并不是那堵墙壁来决定谁是疯的，要被关起来，谁是正常的，可以继续生活在外面。很多面目平静举止端庄的人，内里都有一颗邪恶绝望的心，但他们仍然从容地品茶赏花听歌剧，他们才是疯的，他们连自己都欺瞒过了。他们已经安然接受了疯狂成为血液里的一部分而不再反抗不再挣扎了。

你把普拉斯的《钟形罩》带回来了?

是的，在我书架上。

我一直想看，回头拿给我，普拉斯是自杀的?

煤气。

她疯了?

我有智力崇拜的倾向。一个聪明敏感的人情绪发展到了巅峰状

态，注定无法与世共存，除了自毁没有别的办法了。

但是，也有智力平庸或者低能儿发疯的啊，怎么解释这个？

哦，他们不值一提。

你怎么能这样说？人人都会受伤害，都有崩溃的可能，傅善祥有些不满。

每个人出生时上帝都会给他一个杯子，杯子容量大小都不一样。杯子是承受力，所遇之事是考验。有智慧的人手里那只杯子一定更大，所承受的痛苦也更深邃更可怕。倘若他发疯或者自杀——自杀是发疯的一种，那么他的痛苦一定更为可观更值得推敲更耐人寻味。智力庸常者发疯有什么可谈的？他拿的是一只小杯子而已。

我不喜欢你这样说，傅善祥怔了怔，越是智力出众的人，在饱受折磨后越会产生对人类苦难的普遍同情心。因为他觉得痛，所以就体会了世间众生所有的痛。因为怜悯自己的悲伤，所以就怜悯世人所有的悲伤。看自己，和看他人一样。俯视自己心生的慈悲心，适用于世间所有破碎的生灵。

宗教慰藉就是你说的这样。善祥，这个世界——这个世界不值得聪明人留恋，但是笨蛋呢，又不配活着。

沉默了许久，傅善祥喃喃道，欧芹，我快要不喜欢你了，我以为我会一直喜欢你，我以为时间不会改变我对你的欣赏，可我没办法理解现在的你，再多几次这样的谈话，我一定会不喜欢你的。

我也挺讨厌我自己的，我们有共同点，欧芹笑了笑，晚了，

睡吧。

她起身回房。

那晚傅善祥一直没有睡好，她觉得欧芹真的变了，虽然她喜欢欧芹的原因就是她和别人不一样。她清醒残忍，冷嘲热讽，怀疑一切，但过去的欧芹多么可爱，她会爱，勇敢地爱，会爱的女人是有弱点的，在某种意义上受爱情重伤的欧芹，正是傅善祥最喜爱的，这使得她给予欧芹的怜悯都有了着落处。

她会痛会叫，会在雨里奔跑，会哭得像个孩子，会拿着酒瓶在天台围栏上跳舞。

当她归来，她的心多么冷酷，冷酷到再也不需要他人的怜悯了。她的态度如此粗暴，粗暴到蔑视他人的悲伤。

过去她会告诉傅善祥，我痛苦，我要死，为什么事情是这样，现在恐怕连她自己都要上去踩一脚，恶狠狠地说，你痛苦是活该，你要死那就去！

她对自己都不存怜悯，何况他人！

她的逻辑也是不合理的，如果真的每个人手里都有只杯子，杯子的承受力并不见得只以智商来决定。杯子也许有两种质地，聪明人过度自省，被自己的命运所击倒，而大千世界的普通人往往经受着外部世界的重压，被他人的命运击倒。后者的痛苦，她真的不屑一顾吗，她为什么如此傲慢？为什么？

傅善祥把头埋在枕头下。

她们之间有一些难以察觉但心知肚明的微妙芥蒂，为了相安无

事，大家都装作视而不见，仍然一起吃饭逛街看电影，也聊天，但不再聊关于伤害死亡发疯那些黑色的话题了。

有一回她们一起去超市，欧芹一边挑选着饼干一边说，在以前，我曾经想要在超市工作呢。

为什么？

很简单啊，不需要动脑筋，天天就跟货物待在一起，贴标签，缺货了就再摆上，而且超市里总是会放很多歌，每天都会有很多人，灯光很亮，看起来生活很有奔头——当然了，最多三个月就不能继续待着了。

薪水少？

不是钱的问题，而是我想我什么也做不了。

瞎说，我觉得你什么都可以胜任，你又美又聪明。

欧芹抓起一包牛肉干，善祥，你真可爱，你想过我们这样浑浑噩噩地过下去会变成什么样吗？

最多变成两头猪，傅善祥手搭在购物车上。

认真地说，你是把现在当成人生低谷的一次假期，还会重新振作的吧？

那是当然的了，不振作就没法工作，没工作谁养我？我也是不想要依靠别人的，廉者不受嗟来食，志士不饮盗泉水啊，傅善祥叹了口气。

然后她想了想，我们过一阵子去找工作吧！

欧芹将选好的东西扔进购物车，我不想工作，我就想自己待着。

工作并不是全然没有好处的，你听我说，我们争取进同一家公司，然后凭我们的天生丽质也好天资聪颖也罢，我们肯定会混得如鱼得水，你说呢？然后我们会认识许多人，我们的生活就会不一样……

不，我不要。

人要活得积极一点。

积极？是。这个世界就是人人都在争先恐后地积极地抢，读书时抢录取名额，情窦初开抢交配资格，踏入社会抢工作机会，有了点钱后抢买房，下雨天出门抢出租，坐公交车抢座位……

也有排队的啊，像火车站、银行都是，傅善祥插话道。

排队更可恨，因为人们对于自身的混乱无序毫无办法，所以全靠时间来解决。在排队的时候你会更清楚地知道，你得遵守社会准则，你和所有人都一样。

那你想怎样？反社会反传统反人类？

我只是不想和别人抢——同时也不想排队。

可是，生活不能总是待在原处，总要往前看的啊，傅善祥有些迷惑地看着欧芹。

你以为前面有什么？欧芹冷淡地说，前面有什么也是一眼望得到底的事情罢了。就像你所说的，我们会经由工作的途径认识许多人，男人，会被他们爱也试着爱他们，运气差的时候我们会被伤害，运气好的时候，或者说仅仅是惧怕伤害惧怕孤独，我们勉强在一起。好，不勉强的也有，我们欢天喜地在一起了。结婚，吃一起睡一起，生个孩子。生孩子是为了什么？是为了摆脱

彼此的无聊，增加责任的约束。也许你不同意是因为这样的原因，可是不管什么原因，自私地把生命带到这个可怕糟糕的世界都不是什么好事。扪心自问，你有机会选择的话你会拒绝出生吗？我们的生活里多出了许多人，长辈同事朋友孩子，大家的生活都差不多。通过这些社会关系的总和，好让自己看起来不那么空虚。可惜空虚是永恒存在的，丈夫在婚后开始偷情，不偷情的也有，但最终生活里没有爱了。好吧，没有爱也不打紧，我们仍然能够生活在一起，和别人的婚姻一个样，我们渐渐地不说话了，连表面的敷衍都懒得给。我知道仍然有很多夫妻一辈子都恩爱，到晚年都能够在一起。可是，他们为什么要在一起？是因为爱吗？不是，只因为他们怕，他们怕，他们的怕最后都会变成真，总有一天，另一方会死。伤害这种东西，上帝不会忘了你，这是人人有份的。

傅善祥怔怔地听着，大概五分钟后，她们已经从食品区走到生活区了，她突然转头对欧芹说，你刚才说的话我想过了，我想过了，你之所以不愿意投入生活，不愿意像大家一样去生活、去争抢、去排队，原因其实并不见得有何不同，你同样也是怕啊，欧芹，你在怕对吗？你怕什么？你的怕和我们每个人的怕并没有什么不同，我们怕失去，你同样也是，我们拥有了然后才怕，而你不过是害怕才不想去拥有。

欧芹走上两步，头靠在傅善祥的左肩，用极其轻微的声音说，善祥，你说得对，我怕。

那瞬间，傅善祥觉得过去的欧芹又回来了，她承认自己内心的软弱，她就并非是无懈可击的。傅善祥又看到了当年那个在大雨中号啕大哭的姑娘。

欧芹，你现在还爱韩先楚吗？晚上她们躺在一起时，傅善祥好奇地问。

多么难以回答的一个问题啊，事实上我不知道。

怎么会不知道？

情绪太复杂的时候，你就分不清曾经的爱转化成为什么样的其他感情，潜伏在你心里了。它也许变了样，变成痛悔懊恼遗憾仇恨失落悲凉凄惶，总之它变成了其他的，你很难确定它们还是不是爱本身。

你当时为什么要那样？我一直想问你。

欧芹闭上眼睛，微笑着，不说。

说啦，这么久了，傅善祥右手推了推欧芹。

其实真的也没什么，欧芹睁开眼睛，你知道，韩先楚是个好男孩，读书好品行好，找不出他任何缺点，这真可怕，不是么？我们当时非常非常相爱，我知道他爱我，尽他所能的。如果我要天上的月亮，他找不到那把天梯，就会设法把自己变成月亮的。

当时传言很厉害，有人说他喜欢其他学校的校花了，要同你分手，还有的说……

那些都不是真的，我们一直很相爱，没有第三者，他把时间全部交给了我。

那到底是为什么？

欧芹翻身下床，点了支烟，左手环抱在胸前，她凝神沉思了会儿，扯了扯睡皱了的睡袍说，你不会理解的，韩先楚当年也不能理解，所以他认定我疯了，你要知道，我没有疯。

我知道你没有疯，你说说看。

我就是想和他死在一起，死在最相爱的时候。一对恋人度过了最好时光后，他们以后会变的。我想用死亡来完成永恒，对抗无常。我拧开了煤气，结果他发觉了，第一次以为是粗心大意，后来又发生了一次，他很怀疑我想要做点什么，不能确认。他暗暗观察我，我也是，我们就像两个对手，但我们仍然无比地相爱。第三次我们喝了很多酒，是我想要灌醉他，我希望他好好睡着，同我一起赴死。最后的结果你也猜得到了，他假装自己醉了，看着我把所有门窗都关上，拧开煤气阀门。我们大吵，他说我疯了，要同我分手。我同意了。可我们那时候真的是相爱的，他试图说服自己，我只是一时神经搭错，并不是疯的，他仍然鼓起勇气同我在一起。

后来你就拿刀子捅他了？傅善祥听得心惊肉跳。

欧芹顿了顿，慢慢地说，过程还要复杂曲折得多，但最终结果就是这样。

傅善祥沮丧极了。

你也不能理解，对吧？

殉情这种事情很多，但欧芹你在对方不知情的情况下这样做，就不是殉情，而是谋杀。

欧芹重新躺回床上，用一种无比冷酷的语气平静地说，善祥，我从来不曾内疚过，因为我爱他的程度已经到了宁愿被他杀死的地步。我到了那里，但他不在那，他竟然不在那。他说我疯了——而他不愿意同我一起疯，只能说明一件事，我爱他比他爱我多得多。因此，这么多年来我不曾内疚过，从不曾。

傅善祥穿上拖鞋，回自己的房间去了。

事情的真相永远是最残忍荒诞的，她宁可相信当年校园里广为流传的那一种，韩先楚变心爱上了其他人，所以欧芹出于报复拿水果刀在他右胸处捅了一刀。她宁可相信欧芹是凄烈爱情故事里被伤害的弱者，而不是企图谋杀爱人的疯子。

韩先楚一定是真的爱她，否则也不会咽下这可怕的真相，甘做众人眼里的负心人，也不肯揭露她是疯子这一事实。她真的是疯子，傅善祥捂住嘴，无声地掉眼泪，她竟不知道自己喜欢多年的姑娘失常至此，她至今都不肯承认自己疯了，还一味坚持着那是爱的极致。

她是疯的。

一月下雪了，真是离奇，竟然江南也会下这样声势浩大的怒雪，更让人惊讶的是南方其他省份也在下雪，气候变得诡异离奇，似乎上帝想要表示什么。交通一下子就瘫痪了，某些省份还停电停水，陷入了漫长的混乱中。

A市还好，市政府工作得力，每天都有专人扫雪，偶尔停了个把小时的电，也效率极高地修好了。坐在温暖的沙发上，泡上一杯

茶，看着电视机里其他地方的灾难，而自己没有损伤，不免生出许多感慨。

我是不能忍受没有电的生活了，傅善祥说。

我能，欧芹说，在阿里的时候就过着原始人的生活啊，我觉得吧，原始社会好，原始社会就是好。

你还是那么奇怪，傅善祥笑得有些不安。

这场突如其来的暴雪愈演愈烈，把人们的生活节奏打断了，秩序也乱了套，很多公司开始放假。在雪地里摔跤的人陆续不断地被送往医院，很多商铺也关门了，有人看着这样不歇不休的大雪，就开始囤积食物。

城市进入了某种冬眠的状态，街道上无人，空气清冷，厚重的积雪压垮了树木，因为多日不见阳光的缘故，它们执意不肯作出一丝一毫的消融，新雪累积着旧雪，旧雪成了坚冰。

天气很冷，呵气成霜。傅善祥担心水管在夜间被冻住，就像电视里教的那样，总是把水龙头拧出一条细细的线，保持它的流动。

她也翻了件暗青色大衣给欧芹，你有福了，这件衣服是我才买不久的，全新的哦。

欧芹穿上后，对着镜子端详了一番，不错。

她就是穿这件大衣跳楼的，她趴在雪地上，脑浆四流，鲜艳的血染红了身边的白雪。她穿得整整齐齐，皮鞋也仔细擦过了，甚至还修剪了指甲，刮过了眉毛，她如此冷静地考虑过了。

她一定考虑了很久，才做出了最想做的事。

她是半夜跳下去的，没有人听到重物坠落的声音，早晨的时候扫雪工人发现了她。警察敲响了傅善祥的门，她睡眼惺忪，一脸懵懂，被告之关于这幢楼里一个年轻姑娘的噩耗。

她不愿相信这是真的，但她知道这是真的，她甚至不需要再去欧芹的房间里一探究竟，就知道躺在雪地里的那具尸体除了她没有别人。

事实上她已经死了很多年了，直至现在，终于断了气。

2008年这场不合时宜的雪，对A市的其他人也产生了或多或少的影响。作家霍颂南因此而浪费了一张飞往长沙的机票，他本来要参加那里的一个讲座。

黎明出版社的程秀丽给他打电话，说上次那本书销量很理想，趁着这个糟糕得无法出门的天气，不如开始酝酿下一本小说吧。

他在电话里笑着说，这算是趁雪打劫吧。

反正你也出不了门，现在路上堵得厉害极了。

地铁还是可以坐的，霍颂南的另一个情人黎艳书就坐了地铁过来看他，她咒骂这鬼天气害得自己开不了车，但正因为整个世界都失掉了原有的秩序，所以她用从未尝试过的方法来看望他，心里有一些欢喜。

就像当年那个贫穷又天真的女大学生，为了与恋人一晌贪欢，走很远的路，跑去偏僻的小旅馆开房。

黎艳书的婚姻搁浅了，世界比她想象的还要危险复杂，刘海之所以娶她，并不是她有多么好，也不是打算来爱她的，而是想要完成传宗接代的任务。有钱人就是不能容忍自己捞了那么多钱却没有后代来承继，三十五岁的刘海再不能够等下去了，他的发迹是汪副市长的妻子暗中相助，他们已保持了多年地下情人关系。两个聪明人敢在汪副市长眼皮底下玩花样，而且一直平平安安的，真够有种，也够沉得住气的。

黎艳书认为刘海能够做到的事，她同样也能，所以她也替自己物色了一个情人。

霍颂南还不错。三个月前他打电话来问她，是否知道傅善祥的去向。

她说，不知道啊，她没有告诉我，电话号码竟然也换了，这女人不晓得怎么回事。

霍颂南的声音听起来很哀伤。

于是他们就约出来谈一谈，第三次约会时，两人吃完饭就进酒店了。

她摸着脑袋说，昨天晚上没睡好，头晕晕的。

那么找个酒店休息一会儿吧，他很自然地说。

好吧，她也装得心无城府。

他们真是天生一对，都擅长于玩危险的游戏，并笃定最大的牌在自己手里。

抖落了身上的雪后，黎艳书进了门，换了拖鞋，低着头笑。

笑什么？

这双鞋傅善祥也穿过吧。

霍颂南眯起眼睛，那又如何？我以为你就是喜欢接手她的物件呢。

你的以为没有错，黎艳书走过去搂住他的脖子，包括你。你知道吗？我并不相信那本小说就会断送你们的关系。

事实就是这样，霍颂南皱了下眉。

黎艳书松开手，坐在沙发上，给我倒杯酒，我告诉你事实是怎样。

霍颂南拿来红酒和两个杯子，一一斟满。

黎艳书拿起来抿了一小口，傅善祥没有真正爱过你。

霍颂南不置可否地笑了笑。

我对傅善祥绝对比你了解，你们虽然曾经在一起，可你不了解她的过去，霍颂南，这是件多么危险的事情啊，你都不试图盘问她吗？

问什么？霍颂南心里有一些亮光，他知道黎艳书忍了许久，终于打开了那扇嫉妒的大门，女人在嫉妒的驱使下，是什么都做得出来的。

我和她本来不是一届的，她中间休学了两年，我一进大学就知道她的事了，她拿刀捅了她男朋友，当时可是一件惊天动地的事啊！那男的非常优秀，学生会主席，人又长得帅，据说是爱上

其他人了，所以就被傅善祥拿刀子给捅伤了，差点死掉。那男的真不错，不肯承认是她故意伤人，总之，他在警方和校方那边说尽了好话，后来她休学两年，她说她去旅行了，去了西藏阿里，阿里你知道？

霍颂南听得有些发愣，他没有想到傅善祥身上背着这样沉重的一件往事。他迷惑地问，她去阿里了？和欧芹一样？

什么欧芹？

霍颂南看了看她，欧芹，她说欧芹是她大学时最好的女朋友。

黎艳书大笑起来，手搭在霍颂南身上，你在开玩笑吗？别瞎扯了，我才是她大学时最好的女朋友。当然啦，我们其实也没有那么好，原因是她这个人不合群，不跟人来往，只有我才耐心那么好，不计较她那些奇怪的性格。反正她要是读书时真有什么朋友的话，也只有我，你说的欧芹，别开玩笑了，我都不知道有这么个人。

霍颂南瞪大眼睛，可她说她和欧芹经常联系，相互发电子邮件什么的，还寄明信片给她。

黎艳书也有些怔怔的，也许是她休学前的朋友吧，那我就不知道了，反正我们班上没这个人，等下，你是说欧芹吗？欧芹，欧芹，好像在哪听过这名字。

欧洲的欧，芹菜的芹。

我肯定听过这名字，黎艳书锁住了眉，喝了一口酒，我想起来了再告诉你。

第二天霍颂南接到了黎艳书的电话，她说她到处打电话问以前的老同学，终于有人告诉她确实有这么一个人，姓欧名芹，外语系的。

是有这么个人吧，那就好，霍颂南松了口气。

但是但是，那个欧芹已经死了，黎艳书说话的时候声音是颤抖的，在我们大三的时候，她就死了，把自己吊死在学校后面的小树林里。

霍颂南心一沉。

我真受不了在电话里讲这样可怕的事情，黎艳书说，她们根本不是什么朋友，那个欧芹自杀前一晚，在天台上喝醉了闹事，傅善祥上去看过，她们并不认识。一周后，欧芹就自杀了，她们也没有什么交情。霍颂南你都听明白了吗？这太可怕了，傅善祥为什么一直骗你说她有这么个叫欧芹的好朋友，还把自己去阿里旅行的事编排在了她身上？这到底是怎么回事？她是在幻想吗？她幻想一个不认识的死人是她最好的朋友？

我不知道，霍颂南手脚发冷，也许……

也许她疯了，黎艳书几乎是脱口而出。

二月春节的热闹仍有余欢。雪仍然在下，外面的世界银装素裹，有一种宁静的寂静美，傅善祥起床后看了会儿茨维塔耶娃的诗集，轻轻地念了几句。

然后合上书，给自己泡了杯麦片，从冰箱里拿出吐司和鸡蛋，做了一份很有营养的早餐。

吃完后她又听了会儿勃拉姆斯第四交响曲，同时还对着镜子，

把眉毛修理齐整，然后坐下来修剪指甲。

　　接着她穿上暗青色的大衣，打开了通往阳台的那道门，慢慢走出去。阳台上都是厚重的积雪，她深深地深深地深深地吸了一口气。

后记

曾经我希望自己每年都写一部长篇小说，后来发现这并不容易。2007年就没有写，2007年是我人生中最重要的一年。

我花了一百天时间去旅行，其中有一个月待在阿里。

2008年春天写了这本《我的他，我的她》。

旅行对于心灵创伤有治疗作用吗？有。但过度破碎分裂的灵魂始终是无法愈合的，如果走遍天地仍不能够重建自我，只能坐在废墟里慢慢变成它的一部分。

其实就算走到世界尽头，也不会有你想要的东西，这里没有，那里肯定也没有，世界大同相差无几。何况，自己想要什么，未必真的清楚。

不管如何，大自然仍然是最好的，它永恒，它美。我相信天地有大美而不言，也深深同意老子所说的，天地不仁，以万物为刍狗。

德国电影导演赫尔佐格曾经说，我不应该再拍电影了，我应该找家疯人院去住。

我很迷恋这句话。

我们又何必想象地狱的模样呢，如果灵魂被痛苦所浸染，那不就是已经在那了吗？

图书在版编目（CIP）数据

我的他，我的她／吴苏媚著.—南昌：百花洲文艺出版社，2009.3

ISBN 978-7-80742-566-3

Ⅰ.我… Ⅱ.吴… Ⅲ.长篇小说－中国－当代 Ⅳ.I247.5

中国版本图书馆CIP数据核字（2009）第032779号

出　版　社	百花洲文艺出版社
社　　　址	南昌市阳明路310号江西出版大厦　　邮编　330008
电　　　话	0791-6894736（发行热线）0791-6894790（编辑热线）
网　　　址	http://www.bhzwy.com
E-mail	hhz@bhzwy.com

书　　　名	我的他，我的她
作　　　者	吴苏媚
出　版　人	姜钦云
责任编辑	吴山芳
特约编辑	符丝雨
经　　　销	全国新华书店
印　　　刷	深圳市鹰达印刷包装有限公司
开　　　本	880mm×1230mm　　1/32
印　　　张	6.5
字　　　数	130千字
版　　　次	2009年3月第1版　　2009年3月第1次印刷
定　　　价	20.00元
书　　　号	ISBN 978-7-80742-566-3